忽那島に上陸した懐良親王一行と出迎えた忽那一族
〈本文９ページ〉
〔想像図：画・香川元太郎氏（伊予水軍物語より）〕

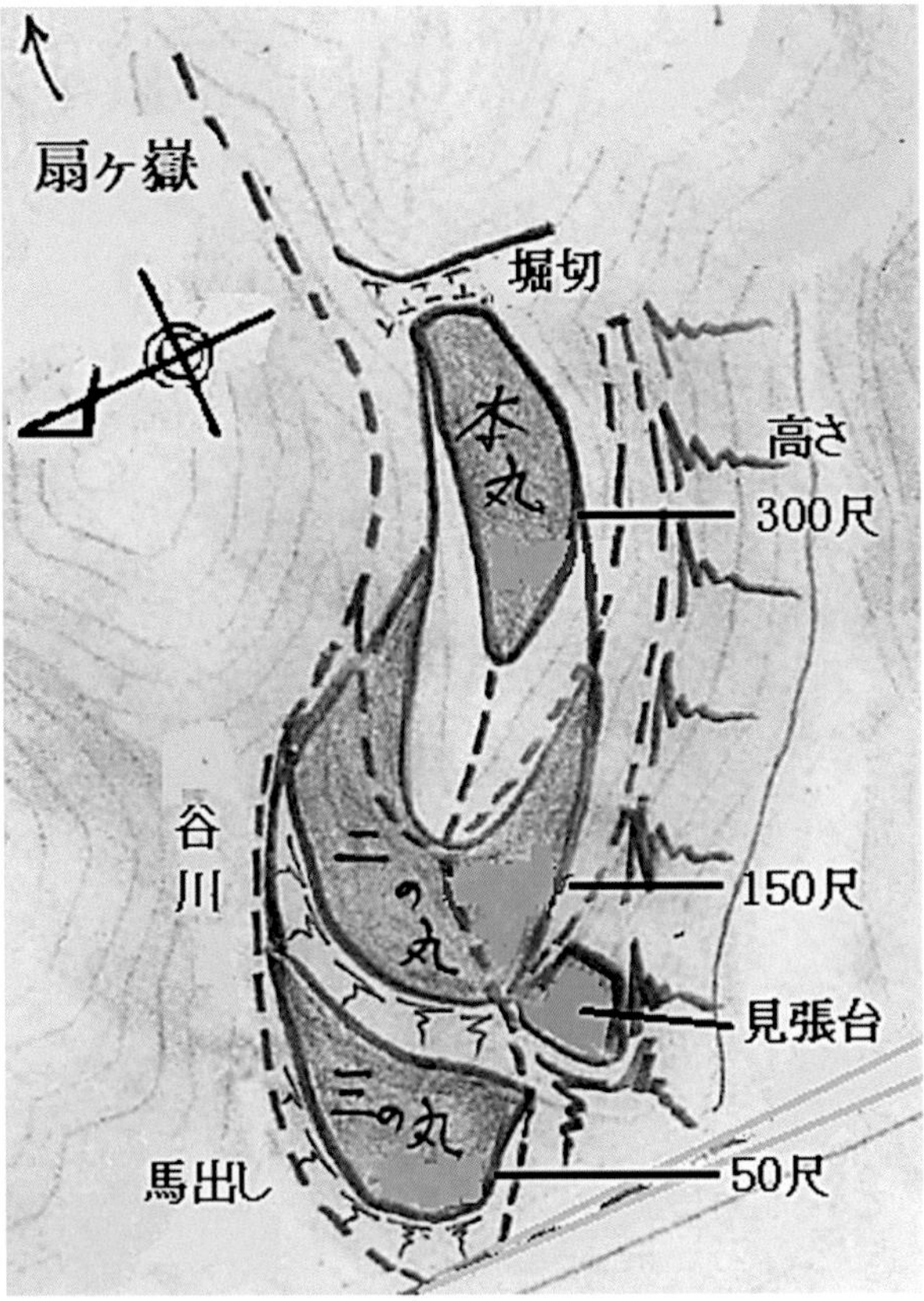

平山城図面（縄張り）〈本文30ページ〉
熊本県の中世城跡（熊本県文化財保護協会、P258 平山城略測図を基に創建当初の平山城を想定。元建設省技官・松岡弘文氏実地踏査による）

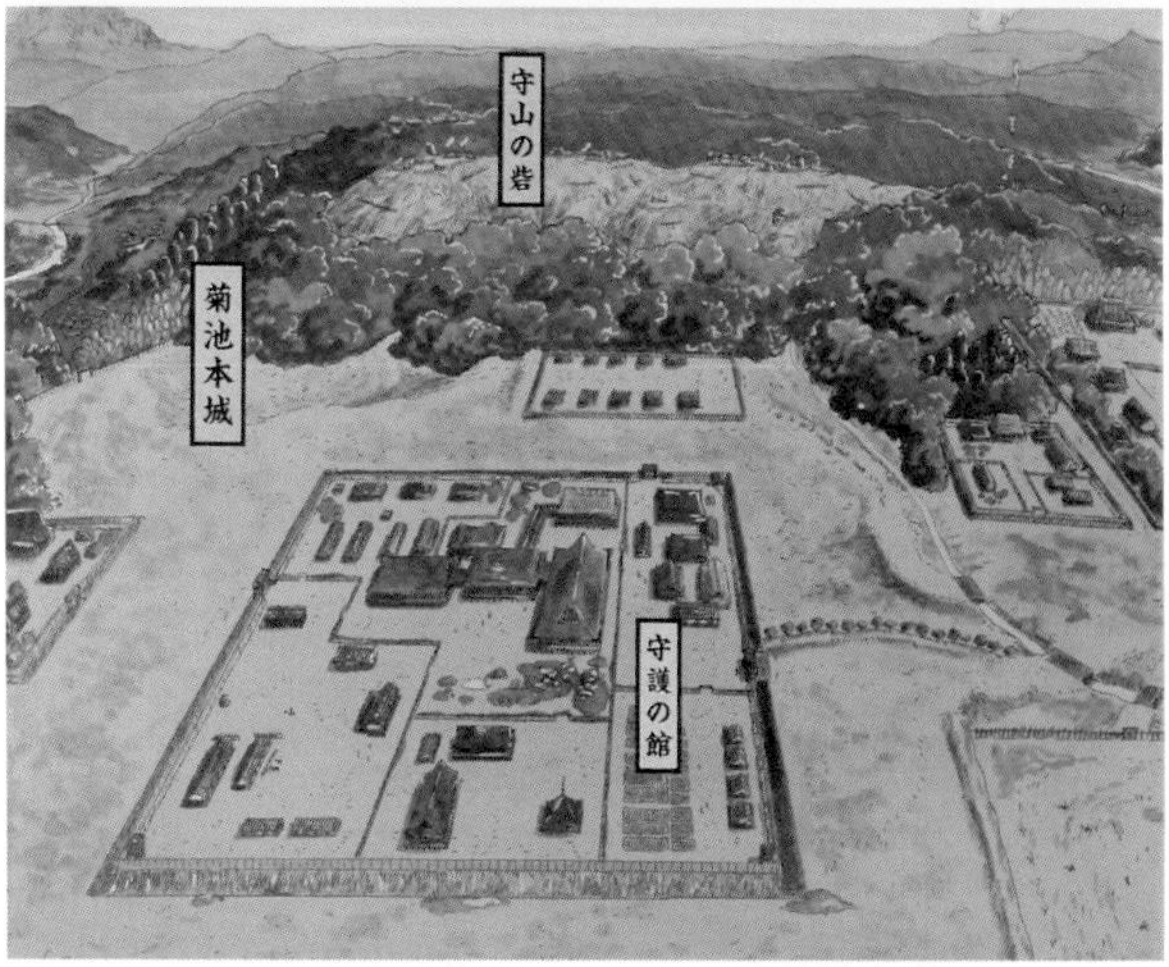

菊池本城の主郭（上）と守護の館の想定図

〈本文45ページ〉

（「幻の都　城下町菊池」、菊池市商工観光課提供）

懐良親王が晩年を過ごした大円寺
(福岡県八女市星野村)。今も命日の3月27日には、
法要が営まれている〈本文104ページ〉

懐良親王物語《かねながしんのうものがたり》

松岡昇

発刊に寄せて

「木綿葉《ゆうは》」同人　松原　健

足利尊氏に追われた後醍醐天皇は八歳の懐良《かねなが》親王に九州を平定して東上せよと命ず。親王は十二名を供に下向。足利側が大勢の中、菊池武光の協力で親王は三十一歳で、遂に足利側を駆逐する。

これは南北朝時代、後醍醐天皇の命で九州平定を果たした懐良親王の真実の姿を事跡や史料などから踏査した鎮魂の叙事詩である。水軍郷でたくましく育った若き親王は、九州上陸後、生活基盤を築きつつ、菊池武光の協力で足利勢を駆逐して遂に太宰府政庁を開くが、この時すでに後醍醐天皇は崩御、宿敵足利尊氏も死去。親王身辺にも戦死や隠退あり、世の無常に親王も隠棲と仏道への憧れが強くなる。

三代将軍足利義満は新陣容の大軍勢を派兵。危機迫る中、九州治世十年余の親王の決断と運命は？　本書は懐良親王の波乱の生涯を多角的に見つめた、医師で「木綿葉」同人の筆者が挑んだ渾身の歴史小説といえる。
　また、八代市中心地にあり、市民に敬われる八代宮の祭神は懐良親王であることは知られているが、教育係として若い親王の下向に随行し、九州上陸後は先遣隊として八代に向かい、地頭の協力で、高田に平山城を築き、拠点づくりをして親王を迎えた松岡大学亮のことは地元でもほとんど知られていない。彼は親王が深手を負った最大の激戦地・大保原《おおほばる》の決戦で親王の盾となって戦死している。懐良親王の長い行程と波乱の生涯とともに、八代に所縁の松岡大学亮の灌漑事業にも光を当てた地元必見の書である。

令和五年七月

懐良親王物語　目次

―はじめに―

鎌倉幕府を開いた源頼朝は朝廷の後白河法皇から、全国に守護・地頭を設置するという政権の正当性を獲得し、征夷大将軍という朝廷国家から任命された軍事政権の独裁者となった。北条執権の時代、朝廷は天皇後継で混乱した。二大勢力から交互に天皇を迭立《てつりつ》するよう幕府に調停を頼む始末となった。この頃、即位した第九十六代、後醍醐尊治《たかはる》天皇は三十一歳と異例の遅咲きで、次の天皇となる予定の甥の邦良皇太子が成人して皇位に就くまでの繋《つな》ぎの天皇という立場だった。五年経って幕府は後醍醐天皇の退位を迫った。王朝復古を狙う後醍醐は幕府転覆を謀《はか》った。が、二度とも露見し、隠岐へ配流となった。三度目の正直で足利尊氏、新田義貞、楠木正成ら武家の働きで北条幕府を倒幕滅亡させて再即位、建武の中興がなった。しかし、それは武家社会が百五十年も続いた今となっては時代錯誤であった。この機をとらえて足利尊氏が政権獲得に後醍醐と対立、ここに南北朝に分かれ、武家と宮方の覇権争いとなっていった。後醍醐は自分の親王たちを東へ、北陸へ、九州へと近親の供奉《ぐぶ》者らと派遣し、王朝復古を計った。この小説はその頃の物語である。

第一章

八代に住みついた供奉《ぐぶ》者

松岡大学亮

一

三三八年十二月、懐良親王一行は南朝方に味方する紀伊の熊野水軍と淡路島の沼島《ぬしま》水軍に守られて瀬戸内海を西に進んだ。

後醍醐天皇は足利尊氏率いる武家方に追われ、京を脱出、比叡山にそして吉野へと逃れ臨幸した。天皇は第十六皇子・懐良親王に征西将軍宮の位を授け「九州に下り、かの地の軍勢を率いて東上せよ！」と命じた。親王はまだ八歳だった。しかし、利発さ、聡明さ、豪気さを備え、父の後醍醐に気性がそっくりなところを見込んだのだ。準備に二年かかった。吉野の朝廷を経て海路の出発湊《みなと》へ移動した。供奉者は後見人の五条頼元とその息子三人を含め十二人。その中に松岡大学亮の姿があった。一行が頼った先は、まずは伊予灘に浮かぶ忽那《くつな》諸島の七島の中心地・中島に居城を構える伊予水軍の一つ、忽那諸島の大将・忽那義範であった。

数は少ないが精鋭の関船（軍船）に守られて、征西将軍宮・懐良親王一行が湊に着岸した。

「懐良親王さま、五条頼元どのをはじめ、ご一行の方々長き船旅、大儀でございました。私ども忽那一族、伊予水軍が宮方に味方つかまつります。心置きなく滞在されて九州へ向かわれる足掛かりにされてください」

親王は「忽那どのの歓迎の言葉、誠に心強くありがたく存じます。頼りに致します」と挨拶した。キビキビした態度で心からの言葉に水軍の大将・忽那義範は責任の重大さを感じた。

居城の近くの館を一行に提供した。忽那諸島は中島を囲んで六つの島が砦《とりで》のように守っており、各島に水軍が居住し、島の頂上から四方八方、見張りが行き届き、容易に敵が近付けない天然の要塞諸島が、忽那義範の自慢であった。到着の夕刻、歓迎の宴の前に、今後の方針が下達された。五条頼元が計画を伝えた。

「明日から一同の武芸の練達《れんたつ》、将軍の宮さまの帝王学教育を開始する。午前中は政治・古典和歌文芸を長男・五条良氏、三男・良遠と冷泉持房、それに算学を松岡大学亮が受け持つ。午後からは忽那義範どのから乗馬の指導鍛錬をしていただく。そのあと剣術武道の指南を忽那義範どのの弟・重明どのと中院義定を中心に夕刻まで連日鍛錬していただく。皆覚悟して励んでくだされ。九州を平定し、京に凱旋する大願成就の第一歩である」と檄《げき》を飛ばした。

五条家はもと清原一族として天皇家の教育を引き受けて、後醍醐天皇はその子息女・三十数人の教育を頼りにして、重用していた。九州下向にあたり、清原から五条へと改名を天皇からいただいた。

松岡大学亮は元々藤原姓であった。先祖は桓武天皇に仕え、大臣職を務めたこともあった。当時盛んだった貴族子弟の教育機関・大学寮は次第に個人個人の家庭教師制に取って代わり、大学寮は形骸化して衰退してしまった。藤原大学亮は算学の助教授格であったが、閑職で五条様に仕えていた。

そこへ後醍醐天皇の鎌倉幕府転覆の企てが露見し、天皇は僅《わず》かの供回りと共に隠岐の島への配流となった。そのとき五条様より指示を受けた。

「大学亮、懐良親王さまを匿《かくま》ってくれ。内裏は武家方が掃討してしまうが、それ以外には害は及ばないので昇殿しない公家の身分の大学亮の所なら安全だから、よろしく」と言われた。親王様は三歳であった。

「かしこまりました。利発で豪気なご気性、しっかりお守り致します」

親王様と大学亮との交流はこのときから始まった。これに対する恩賞として越前に狭いながらも松岡の荘を賜わり、松岡姓を名乗った。

忽那水軍の歓迎の宴はまるで竜宮城のように海の幸が盛られた。十歳となる懐良親王征西将軍宮は成長の盛りで、島のごちそうに舌鼓を打った。いずれにしても毒味係は大学亮と五条の息子たちであった。

一夜明けた。征西将軍宮・懐良親王への帝王学の教育に、大学亮の算学が加わった。

「将軍の宮さま、これから何万という大軍の敵を前に、地勢の利・不利、天文・気象など自然に対する教養をお積みいただき、多くの戦いに勝利してください」

大学亮は褌《ふんどし》を締め直すのだった。親王は、

「大学亮、朕はどちらかというと馬術・剣術が楽しみじゃ。作戦は五条や大学亮に任せる」と言った。親王との算学は遅々として進まなかった。

昼からは乗馬と剣術鍛錬が続いた。縦横無尽に馬を乗りこなすことは敵を追いつめ、また退却と、人馬一体となっての訓練が大切だ。師範の忽那義範が言った。

「将軍宮はじめ皆々方、あなた方はこれからは公家であると同時に武士と心得てくだされ。上達は我が身を守ることでもあります」

　またたく間に一年が経った。懐良親王はじめ供奉者一同、真剣な馬術・剣術の稽古でめきめきと腕前を上げてきた。乗馬指南役の忽那義範は、

「宮さまは十一歳なれど、成長・上達たくましきはうれしきかぎり。今日からは島内の野山を駆け巡って実戦に耐えるよう稽古してまいります。周囲に敵方がおるやもしれぬと思うて油断なきよう」と述べた。

　島内に馬の蹄《ひづめ》の音が響く。島の民は平身低頭して馬群を見送るが、中ほどの光り輝く少年の姿に「あの方が、天子《てんし》さまの御親王さまとぞな。眩《まぶ》しいくらいの輝きよぞな」と都からやって来た一団の中の輝く男子に魅せられた。中島の館から峠を越えての北の海岸まで二里ほどのゆるやかな山道である。島民たちも次第に一行を受け入れる気持ちが出てきた。海の幸、山の幸と差し入れてくれるようになった。こ

の間、九州の情勢を五条頼元は思慮した。

目指す肥後の菊池守護の周りは武家方（北朝）が圧倒的であった。頼りにする大宮司・阿蘇惟時に征西将軍宮の綸旨《りんじ》を何度も送ったが返答はなかった。娘婿の恵良《えら》惟澄を南朝方につけ、惟時は北朝方の筑前守護少弐《しょうに》頼尚寄りの中立を選んだ。大宮司・阿蘇家を守るためであった。この頃、九州は九州探題《たんだい》一色範氏、筑前・肥前守護少弐頼尚、豊前・豊後の大友守護、日向・薩摩の島津守護といずれも北朝勢であった。部分的には北朝武家方に不満を持つ豪族もいたが、宮方の一大勢力は肥後菊池守護だけであった。

五条頼元は息子一人と連れ立って隠密下に九州に渡り、宮方先遣使と落ち合いながら九州豊後・日向の上陸点を検討したが阿蘇惟時の味方がなければ菊池までは到達できないとの結論となった。

十二歳を過ぎた懐良親王は帝王学・剣術・乗馬と格段の上達を遂げた。忽那義範は、

「将軍の宮さまは、宮方大将として凛々《りり》しくたくましくなられた。愈々《いよいよ》、九州へ出

立してくだされ」と励ました。懐良親王・征西将軍宮は、「三年もの間、面倒を見ていただき、感謝に堪えませぬ。九州の武家方の勢いは強いが、これ以上は待てぬ。危険は伴うが、忽那どのの水軍で九州を目指そう」と一同に伝えた。五条頼元は、「九州上陸は豊前豊後・日向の陸路は北朝・武家方で固められている。九州南端の山川湊を目指す」と一同に申し渡した。島津守護と対立し、宮方を支持する谷山隆信を頼ることとなった。

南九州の三州（薩摩・大隅・日向）を治める守護島津貞久は北朝武家方であるが、その専制に反発を感じる在地豪族はごまんといた。征西将軍宮・懐良親王が九州に向かったと先遣使の宮方が秘密裏にその豪族たちに知らせた。すると勢いを得たかのように薩摩・谷山征西府に集結するのだった。船足の早い夥《おびただ》しい忽那水軍の関船（軍船）に護られて、一三四二年五月一日、懐良親王一同は薩摩・山川湊に着岸した。

忽那島で三年半、懐良親王は帝王学教育と乗馬・剣術の鍛錬を受け筋骨たくましく、肌もすっかり赤銅色になった。貴族の品位を兼ねた武将そのものであった。

出迎えには南朝宮方、谷山城主・谷山隆信はじめ薩摩半島の反島津勢の地元の豪族、大隅半島から肝付《きもつき》兼重ら大勢の豪族たちが勢ぞろいした。更に、懐良親王の九州下向に際して、先遣使として五辻宮《いつつじのみや》守良親王と公家武士とも言うべき三条泰季らは日向・米良山中で悪党（鎌倉時代後期に幕府や荘園主に反抗した武士集団のこと）どもを集めて、潜伏工作をしていた。宮方・御大将を眼前にして、一同大いに気勢が上がった。

十里先の谷山城に集合し、疲れを癒やした。谷山隆信は、

「征西将軍宮さまが九州に上陸された。この谷山に征西府を開設していただきたくお願いいたします。島津守護大名は日向・大隅・薩摩と広大な領地を持ちながら、その専制・強欲ぶりは目に余るものがござる。ここは宮方に与《くみ》する我々が一致団結

して、島津勢を撃破し、懐良親王さまの九州制圧を実現するつもりです。皆さんよろしく頼みます」と檄《げき》を飛ばした。征西将軍宮は、

「皆々のお力で九州薩摩に到着いたしました。九州制圧に向けて、大いなる力を発揮していただきたい」

あとは盛大な歓迎の宴となった。

この地でも懐良親王の帝王学は続けられた。五条頼元は谷山隆信と今後のことを打ち合わせた。

「薩摩を制圧して、征西将軍宮の肥後入りのため、先遣使を派遣いたしたく存じます。陸路薩摩路を北上し、川内〜葦北〜八代の道を開拓出来ればと考えています。中院《なかのいん》義定を菊池に向かわせ、松岡大学亮を名和氏の八代の荘に留め置き、征西将軍宮の肥後入りの地固めとなってほしいと考えておりまする」

懐良親王が薩摩に上陸し、谷山城に入り、征西府御所を開設したと島津貞久はこれを知るや、谷山城を攻めてきた。

「もはや、武家社会の世なるぞ。皆の者、城を攻め落とせ！」と命じた。

平野の中に孤立した小高い山の谷山城は自然の要害に守られ、逆に宮方の豪族勢に打ち破られた。島津貞久は退却し、川内まで落ち延びた。もはやというところで救出された。このとき「島津貞久を討ち果たせ」と将軍の宮の綸旨《りんじ》を五条頼元は阿蘇惟時に送って攻撃の加勢を頼んだが阿蘇氏は動かなかった。千載一遇の機会を逃がした。

これから六年近くの長い期間、宮方と武家方は攻防を繰り返すのだった。

松岡大学亮と中院義定は懐良親王征西将軍宮の命を帯び肥後に向かうこととなった。五条頼元は、

「大学亮と中院義定は肥後国に入国したら八代の荘・名和義高の地頭代官内河義眞《うちこよしざね》に会ってくれ。大学亮はその地に滞在し、義眞と力を併せて征西将軍宮の入国を安らかにせよ。中院義定は菊池守護・菊池武光の所に行き、阿蘇惟時を味方につけよ。谷山宮を菊池城に入部ならしめ、大宰府を狙えるよう布陣してくれ」と激励した。谷山隆信・谷山城主は、

「宮方勢は奮闘しているが北朝・尊氏方の力は侮《あなど》れん。薩摩路を北上すると敵の手

に落ちてしまう。ここは湾を渡り、大隅の肝付兼重どのを頼られるのがよかろう。

そこまでは警護に家来を付けて進ぜよう」と力を貸してくれた。


後醍醐天皇が隠岐の島を脱出、足利尊氏の寝返りによって京に凱旋、再即位した。このとき京にいて宮方として忠義していた島津貞久は建武の中興で薩摩一国の守護から日向・大隅と併せて三州守護を与えられた。逆に北条鎌倉ゆかりの日向地方の在地豪族たちは建武新政府から所領を没収された。憤慨激怒した豪族たちは一致団結して日向島津に反抗した。所領を無くした豪族と家来たちは悪党となり徒党を組んで荘園を荒し略奪して、反体制勢力となっていった。


中院義定と松岡大学亮は大隅半島に渡り、肝付兼重と対面した。

「征西将軍宮の命により、肥後国への先遣使を仰せつかりました。ここから米良《めら》の南朝方先遣使・五辻宮守良親王のところまでご家来衆を護衛にお付け願いたい」と申し出た。肝付氏は、

「島津貞久は天敵にござる。上洛中、宮方から武家方に寝返り、尊氏の言いなりじゃ。

関東下りの新参武士のくせに、我々在地豪族に対して威張り散らしているのは許せん」と島津憎しの気持を隠さなかった。

「征西将軍宮が一日でも早く九州制圧できるよう一同、奮闘しているところです」と言って快く手下を警護に差し向けてくれた。

南朝・吉野朝廷は懐良親王一行が出発するに先立って五辻宮・守良親王らを日向・大隅地方に派遣した。五辻宮は年は若いが後醍醐天皇のおじに当たる。大隅の豪族・肝付兼重の荘園を訪れた。南朝宮方の有力な味方であった。吉野朝廷からの錦の御旗を手渡した。五辻宮は、

「肝付どのには南朝方に与力いただき心強い限りです。私は武士と徒党を組むのは性に合わないので、米良山中で三条泰季らと独自の南朝支援を計り、征西将軍宮の九州制圧を画策いたします。島津守護や北朝方の豪族と一騎打ちするときはいつでも加勢に山から降りて来ます」と豪気な気性を見せた。

中院義定と大学亮が護衛の者たちと米良山中を訪れると五辻宮・守良親王らが出迎えてくれた。

「ややあ、こんな山奥によくぞ立ち寄ってくれました。懐良親王さまが薩摩・谷山城に迎えられたときお会いしましたな。大学亮どののには親王が三歳のときからずっとお世話いただき、忝《かたじけな》く思います。私は悪党たちを集めて、諜報活動を行って、南朝宮方を味方してくれる豪族たちと作戦を練っています。一ツ瀬川の上流で稲作はわずかだが、焼き畑でヒエ・アワを作り、川魚や鹿・猪を捕らえて食糧にしているよ。悪党たちが北朝方の荘園を襲い、年貢米をかっぱらって来るので食べるのには困らない」と守良親王は仲間たちと笑い合った。

中院と大学亮は数日逗留《とうりゅう》させてもらい、肥後の国・葦北への道のりを検討してもらった。

「この山の向こうに出れば人吉の荘に出るが相良氏の六代目定頼は筑前守護少弐頼尚の北朝方に付いた。懐良親王が薩摩に上陸したため、危機感を募らせ、しきりと葦北や肥後菊池を牽制している。気をつけて、敵方を刺激せぬよう葦北（佐敷）に到着できるよう用心してくだされ」と注意してくれた。道中の警護に悪党たちを付けてくれた。何とか相良の武家方に見つからず山道や谷間を進み、佐敷に辿《たど》り着いた。ここで八代の荘の者たちが迎えに来ていた。

「葦北の佐敷から八代荘までは山道の難所が続きます。ここで米良の警護衆は帰還されます。佐敷の湊《みなと》に八代から船で迎えに来ております故、これから不知火海の海路でまいりましょう」と代官内河義眞《うちこよしざね》手勢の迎えが案内した。

八代の荘に到着した。高田《こうだ》の豊原《ぶいわら》の館で、地頭職代官の内河義眞が出迎えてくれた。

「よくぞおいでくだされました。敵中突破のときもあったでしょうが、ご無事でなによりです。ゆっくりくつろいでくだされ」と言って酒宴を開いてくれた。大学亮が状況を説明した。

「薩摩・日向・大隅は島津貞久が三州守護として任命されていますが、重い年貢を課し、在郷豪族たちの反発を受けています。出発するまで戦況は悪くなかったが、肝腎の阿蘇惟時が味方してくれぬため、島津を追討できなかった。中院《なかのいん》義定さまがこれから菊池守護どのに会われて、懐良親王さまが一日も早く、肥後入りできるよう阿蘇どのの説得を菊池どのと作戦していただくことにしています。私は八代の荘に留まり、代官内河どのに合力いたせとの五条頼元さまの仰せであります。よろしく頼みます」と挨拶した。

中院はしばらく逗留《とうりゅう》し、出発の準備をした。大学亮は翌日から内河義眞に同伴し、工事中の灌漑用水工事を見回った。八代の荘は球磨川右岸の麓の山々に山城を構え、その一つの古麓城（八代城）を主城にしていた。

八代の荘は名和長年の息子、義高が地頭職を賜った。それは後醍醐天皇が隠岐の島に一年半配流されていたとき地元の海商・村上が脱出に手を貸し、伯耆《ほうき》（鳥取県の西部）の国・名和湊に着岸した。そこでは名和長年が迎えに出て、近くの船上山に背負って登り、行在所《あんざいしょ》となした。ここで京に凱旋すべく討幕の綸旨《りんじ》を発した。これを知った足利尊氏は武家方を裏切り寝返って宮方について京に凱旋した。

再び天皇に復帰、即位した後醍醐は足利尊氏や名和長年をはじめ、功労のあった家臣に偏った恩賞を与えた。それ故、長年は伯耆守に任じられ息子の義高に八代の荘が与えられた。一族の内河義眞が代官として着任していた。領地は北は豊福（現・松橋町の南）から球磨川の向こう岸の高田・敷河内までと海岸線が迫りくる細長い土地である。

内河代官ら一団が八代の荘に着任した頃、古麓城の下の球磨川右岸付近は杭瀬《くいぜ》と呼ばれていた。杭瀬とは灌漑用水取水口への水路のことで球磨川右岸の川中に杭を打ち込み、大きな栗石で流れを一部堰《せ》き止め灌漑用水路へ導く土木工法であった。大水のときに備え、樋門《ひもん》を取水口に二重に確実にしておく必要があった。杭瀬は杭の木材と栗石を小積んだだけの堰なので取水は十分とは言えなかった。しかし太田郷まで灌漑用水が延び、稲作の収穫に大きく寄与していた。

内河義眞は右岸を見習って現在工事中の球磨川左岸の高田郷を案内しながら、こう話した。

「球磨川左岸は水の流れが直接ぶつかり右に曲った流れなので、杭瀬の工事を渇水期の秋冬にやりました。太い杭を何十本も打ち込み、回りを栗石で束にまとめ、流れを誘導するのに苦心しました。取水口は隧道《ずいどう》にしました。二重に樋門を取り付けています。豊原井手《ぶいわら》と高下《こうげ》井手に取りかかっているところです」

　大学亮は、

「内河どの、見事な灌漑工事でございますね。これが完成すれば高田郷は稲作が大きく発展しますね。民百姓も田植時の水騒動が解消されて喜んで働きましょう」と称賛した。

「ところが、大宰少弐は南朝・宮方を牽制せんと人吉の相良勢と合力して北から南からと攻め込むやも知れません。北は私どもが防ぎます故、大学亮どのは南の関所を守ってくだされ。球磨川の南はまだ守りが十分でなく、山城の砦《とりで》を早急に築城してくだされ」と要望した。そのときは灌漑事業は工事人夫を縮少しますとも言った。大学亮の見聞や算学と多少の測量学を見込んでの要望であった。

　中院義定は中納言という公家武者で剣術が達者であった。準備が整い護衛の武士を伴い出立準備ができていた。

「大学亮、あとのことは内河どのに合力してこの地を安寧にしていてくれ。懐良親王さま、五条さま一同は必ず八代の荘に上ってこられる。そのときの用意に館を建築していてくれ。資金は吉野朝廷や拙者の荘園から届けてもらうので、よろしく」

と大学亮を力づけて出立した。大学亮の松岡荘はこの南北朝の紛争の中にあって洪水などを頻発し、散荘の憂き目に遭い、他の荘に取り込まれてしまった。

九州筑前守護・大宰少弐頼尚は北朝武家方の強い勢力であった。隣の豊前・豊後の守護・大友氏時と合力して南朝・宮方を打ち破らんとしていた。時あたかも征西将軍宮・懐良親王勢が薩摩で武家方に攻勢をかけていた。北朝の総大将・足利尊氏はこの状況の報告を受けた。大宰少弐に九州南朝方総大将・菊池武光勢が征西府と合力せぬよう菊池勢に攻勢をかけるよう檄を飛ばした。


その情報を受けた八代の荘、内河義眞代官は松岡大学亮を呼び、

「大宰少弐が徒党を組んで八代の荘を攻撃してくるに違いない。南からの攻撃に備えて、薩摩街道沿いの葦北の荘との境で、食い止めるよう城を築き、攻撃に備えてくだされ」と申し渡した。

「承知いたしました。豊原《ぶいわら》の館と葦北の荘との境を守るべく、急いで山城を築城い

たします。数名の調査隊をお貸し願いたい」と言って海岸と山肌迫る細長い土地を調べた。

「敵は陸路とは限りませぬ故、舟河内、敷河内の湊も見張りせねばなりませぬ」と、この土地に詳しい調査隊の一人が忠言した。

「そうですね。荘の境と館にすぐ連絡できる中間地点の小高い山が良いですね」と大学亮は返答した。

館から半里、平山という集落に海岸にせり出した、小高い丘を成す山が見つかった。

山の頂上は三百尺余り、往還と海が百八十度見渡せた。豊原の館は奈良木の山肌に隠れるが、南の敷河内、それに葦北の荘との関所まで一里、良く眺望がきいた。すぐ内河代官に報告した。

「内河代官どの、館と葦北の荘との境の中間の、平山という所に小高い丘と頂上三百尺の眺望のきく山があります。背後は扇ヶ嶽という山が守ってくれます。人夫を三百人付けてくだされ。三カ月で山城を工事いたしまする」と申し出た。

内河義眞は三百人の人夫を雇うのに働ける者は女子供も駆り出した。豊原井手、高下井手の灌漑用水工事は最少人員にして山城造りを急ぐようにした。大学亮は、「代官どの、ご尽力感謝申し上げる。突貫工事にて、山城築城に努めます」と礼を言った。三百人を前に築城の仕事の段取りを説明した。

「南から相良勢、大宰少弐勢の敵が攻めてくることに備えて、一日でも早く築城しなければなりませぬ。城の縄張りの図面に沿って、六班に分けまする。

一班は本丸造り。頂を平らにして寝泊りできるよう仮の館を建てる。周囲を削り落とし、裏は堀切りに致すべし。

二班は二の丸広場造り。兵糧小屋、兵士の雨露凌ぐ小屋を造るべし。

三班は三の丸造りと馬出し小屋造りを行う。

四班は南側と西側の削り落とし工事。敵が容易に登り上がれぬよう、急峻に致すべし。

五班は削り出した土や石を運び出す作業。馬車で運び出し、一里先の関所に土塁を造るべし。

六班は道路の補修。炊き出し、それに働き手が仕事しやすいよう、作業衣・道具の面倒を見るべし。

各班の責任者に、城の縄張り図面を渡す。それに従って作業を進めていただきたい。

まずは道造りと作業しやすいよう、樹木を抜いてゆきまする。なお、突貫工事なので朝から日の暮れまでよろしく頼み致す」と檄を飛ばした。

「大学亮どの、拙者は第一班の棟梁でござるが本丸の縄張りの仕方、山の高さなど少しお教えくだされ」と申し出があった。

「平面の長さ、広さは歩幅で測ってくだされ。一歩の歩幅が一尺何寸になるか予《あらかじ》め平地で測ってくだされ。本丸は頂上から削って平らにしてゆきます。そして図面の広さにしていきます。高さは少し複雑ですが、見通しの良い平地をこの平板の図面のところから、山の頂上のほぼ真横まで歩数を数え、尺に換算します。そして山の頂上を仰ぎ斜線を引きます。平板から山の頂上の真横までの距離を股《こ》と申します。斜めの線を弦《げん》と呼び、山の高さに相当する線を勾《こう》と呼びます。この勾を股の延長に移します。股の長さは実測していますので勾が股の何倍に相当するかが分かります。それで山の高さがある程度、測定できることになります」と説明した。

棟梁は「分かり申しましたが、しばらく実地で指導してくだされ」と言って、五十人の人夫を連れて山を登っていった。

土木作業は粛々《しゆくしゆく》と粘り強く続けられた。山肌を平らにし、勾配は削り落とし、削られた土は工事の補強に使われたり、大半は関所の土塁造りに運ばれた。天候にも恵まれ、三カ月で山城の形をなした。

内河義眞地頭職代官は出来上がった平山城を訪れ、

「大学亮どの、見事な出来栄えでござる。さすが算学博士の腕前ですね」と称賛した。大学亮は、

「いやいや、代官どのの人夫集めと人望でございますよ。それに各班の頭といいますか、良い腕前の棟梁たちの率先力が物を言いました。民百姓の協力も大きかったです」と職人たち、民百姓に感謝した。

果たして日ならずして、北朝・足利尊氏方、筑前守護の少弐頼尚は人吉の荘相良

定頼を北朝方に味方させ、八代の荘を南から攻めて来た。

一方、北からも少弐勢は挟み撃ち作戦にやって来た。南朝宮方は力を合わせて、少弐勢、相良勢を追い払った。これは南朝方の恵良惟澄《えらこれずみ》（御船・豊野荘園地頭、阿蘇惟時の娘婿）の与力が大きかった。

武力で八代の荘を叩き潰せないと知るや、あろうことか、少弐頼尚は八代の荘の北半分を割譲してくれることを条件に、阿蘇惟時と少弐頼尚が征西将軍宮・懐良親王に味方するというのだった。内河義眞は中院義定や恵良惟澄に相談した。義定は、「これはたとえ、偽約束としても、征西将軍の肥後入部のためには千載一遇の機会ですので、和談に応じましょう」と承諾を求めた。この八代和談が成立すると肥後の地は一時的に安寧となった。少弐頼尚筑前守護は大宰府に帰った。

一三四七年十一月、征西将軍宮・懐良親王一団が海路、肥後入国を決意出発との報がもたらされた。薩摩・谷山征西府を設立し、北朝方・島津貞久武家勢と五年もの戦いが続いていた。一時的ではあったが南九州沿岸の制海権を宮方は得た。伊予水軍の忽那水軍、それに吉野朝廷の熊野水軍が関船三十余隻で山川湊を出立した。

征西将軍宮は、

「五年余り、精いっぱい戦ってくれて感謝いたします。戦いはまだまだ続きますが、九州・大宰府を制圧に向かいます。いざ決戦のときは力を発揮してください」と労《ねぎら》いと感謝と目指すものを語った。

もう、御座船（貴人の乗る船）とか言っておられなかった。速さの出る関船で大海原を北上した。

谷山征西府のある南薩摩は南朝宮方の勢力圏だが、川内を中心とする北薩摩は島津武家方北朝の勢力下にあった。

関船船団は坊津で水先案内に船頭を頼み甑《こしき》島を目指した。潮流は味方したが帆にかかる風は進行方向を同じく北西だったので推進力は弱かった。早朝に出立し、夕暮れに下甑島最南の湾に投錨した。翌日、不知火海を目指した。隼人の瀬戸へはいったん、上甑島東先端に寄り停泊し、夜明けに一気に肥後国の領域を目指した。今度は北西の風も味方し、帆への風も増し、推進力を得た。関船の櫓の漕ぎ手は左右四十人ほどで、疲れも少なくて、関船は目標海域に達した。

隼人の瀬戸は東支那海と不知火海を分かつ海峡であった。

「この瀬戸を通り過ぎますと薩摩と肥後の境となります」と水先案内の甑島の船頭は説明した。これを聞いて参謀長の五条頼元は、

「懐良親王さま、長い年月が経ちましたが菊池守護の待ってくれている肥後の国が目前となりました」と報告した。

「いや、大学亮と中院義定が待つ八代の荘の地に足を踏むまで、油断せずにまいろう」と頼元をたしなめた。

一

三四七年十二月二十日、懐良親王船団は八代の荘・高田の地に着岸した。京の都を出て足掛け十二年の歳月であった。敷河内の湊に三十隻の関船船団が錨《いかり》を降ろした。懐良親王と護衛の一団がまず数隻の小早舟に乗り換え上陸した。

湊《みなと》には荘園代官・内河義眞、中院義定、松岡大学亮をはじめ荘園の主だった者が

上陸を歓迎した。参謀長・五条頼元は、
「内河代官どの、八代の荘の方々、出迎え忝《かたじけ》のうございます。谷山征西府から六年近く、薩摩勢を制圧できずにいましたが、八代の荘が少弐勢と和談成立したと報が届き、一時的にはせよ、海上の制海が成ったので熊野水軍・忽那水軍を率いて、はるばる肥後の地を踏むことができました。皆々さまのご尽力、誠に心強く感謝申し上げる」と挨拶した。馬に乗り換えて一里先の奈良木の中院義定の館に逗留した。これは前に懐良親王・征西将軍宮一団が北上して来たとき、必ずや八代の荘に逗留されるので館を建立しておくように大学亮が申しつかっていたのだった。

歓迎の宴が開かれた。開宴に先立って、懐良親王が挨拶した。

「父・後醍醐天皇から九州に下向し、九州を制圧して、京に攻め上れと命を受け、実に十二年の歳月となりました。皆々の尽力で肥後の地を踏むことができました。内河代官、中院、大学亮をはじめ荘園の方々の合力、誠に有難く存じます。いまだ、志半ばであります。しばし逗留させていただき、肥後守護大名・菊池武光と力を合わせ、九州制圧に邁進《まいしん》いたします。そのときはまた、与力いただきたく存じます」

と述べた。

　大学亮は懐良親王の前に呼ばれた。

「大学亮、久しぶりです。息災であられたか」

「懐良親王さまこそ息災であられ、ますます凛々《りり》しく、たくましくなられ喜びに堪えませぬ。一日も早く九州大宰府に征西府が樹立できますよう願っております」

　短い言葉のやりとりであったが、大学亮は緊張の中にも万感迫るものがあった。

「いつも、その地の珍しい食べ物がごちそうとして出されて楽しみにしている。大学亮らが毒味係だったと五条良氏らに聞かされたよ。八代の名物は何かな」と打ち解けた。

「親王さま、お出しししています料理は今の時期の旬の特産です。このカニはガザミと申しまして、ワタリガニです。生き締めしまして、茹《ゆ》でます。鮮やかなカキ色となって食欲がそそられます。食べやすいように調理してあります故、ご賞味ください。もう一品は冬に渡って来ます鴨《かも》です。近くを流れゆく流藻《りゅうそう》川は湧き水が水源となり、川いっぱい藻が育っています。しっかり下処理しまして鴨鍋に致しておりますのでお楽しみください。お毒味は大学亮がさせていただいています。もちろん、五条さまも毒味されていることと存じます」と言って笑い合った。

年が明けて一三四八年一月二日、八代を出発した。その日の午後、菊池一族の治める宇土住吉の湊に着岸された。

菊池第十五代守護・菊池武光をはじめ恵良惟澄ら南朝宮方大勢に出迎えられた。このときが懐良親王と菊池武光との運命的出会いであった。

武光は懐良親王の気品ある高貴な雰囲気と優雅な振る舞いに深い感銘を受けた。半面、武人としての逞《たくま》しく日焼けした二十歳の姿を見て、生来の高貴さに加えて、強い意志、勇気、頑健な身体に理想的な総大将と感じ取った。

「菊池武光、懐良でござる。長くお待たせ致した。これからしっかり頼りに致します」と挨拶をした。菊池武光も、

「懐良親王さま、お待ち申し上げておりました。百万のお味方の力を得たようです」と緊張して挨拶した。

三十歳になる菊池武光と二十歳の懐良親王は初対面ながら百年の知己のように打ち解けあった。これから九州大宰府に征西府を樹立するため二人は幾多の艱難辛苦《かんなんしんく》を乗り越えてゆくのだった。松岡大学亮はこの姿を確かめて内河義眞と八代の荘に帰還し、来たるべき九州制圧に向けて、北朝方大宰少弐と決戦しなければならない。島津勢や相良勢の北上を牽制しつつ、食糧や武器補充の兵站《へいたん》として二人は後方支援に回った。

大学亮は平山城主を命ぜられ、麓に館を構えることを許された。ここに松岡一族の中興の祖としての歴史が始まったのである。

第二章

菊池武光との固い絆　いざ決戦へ

——大保原《おおほばる》の戦い——

菊池武光、恵良《えら》惟澄の両武将軍団に先導され征西将軍宮・懐良親王一行は五条良氏《よしうじ》が八幡大菩薩旗「金烏《きんう》（太陽の意）の御旗」を高々と掲げるなか、菊池一族が治める宇土城に到着した。歓迎の宴が始まる前に懐良親王が立ち上がり挨拶した。「菊池武光、恵良惟澄は南朝方の柱石である。見事な働きのおかげで肥後国に入国することができた。感謝申し上げる」と褒めたたえた。海の幸、山の幸のごちそうとそれに美味な酒も運ばれてきた。お酒は食欲を増す。お酒はよく眠れるし身体も温まる。五条頼元は息子らも含め、懐良親王にも酒はたしなむ程度にと教育してきた。深夜、いつ敵方の夜襲に遭うかも知れぬ。その気配を察する器量を養わねばならなかった。しかし孤独の親王を気遣い、しばしば夜更けまで飲みながら語り合うのだった。

武光が惟澄を伴って親王の前にかしこまった。「将軍の宮さま、先ほどは身に余るお言葉、誠に心に染みてございます。私、武光は菊池武時の九男で庶子のため、菊池を離れ恵良惟澄所領、御船・砥用の一角、豊田荘にて過ごしていました。その時、惟澄の妹を娶《めと》りお互い助け合いながら南朝の宮さま方に力を注いでまいっております。ところが、菊池一族惣領の力が弱体化しまして、北朝武家方に菊池深川の菊池主城・菊之池城を奪われてしまいましたが、惟澄と力を合わせ無事奪還することができました。その功を上げたことで認められ惣領争いに名乗ることができました。そのとき、先に肥後入りされて来た中院《なかのいん》義定どのが薩摩谷山征西府・懐良親王さまの奉書を読み上げられました。『征西府の決定を伝える。本日をもって菊池十郎武光を肥後国司に任命する。ただちに肥後国内を安定させ、征西府の菊池入りの準備をするように』。このお言葉が決め手になりまして、私が菊池一族第十五代惣領に選ばれましてございます」と深々と征西将軍宮・懐良親王に感謝の気持を表した。

征西府参謀長・五条頼元が元気な声でこれからの予定を述べた。「ゆっくりはできない。宇土どののお城に一晩お世話になり、明日、征西将軍宮・懐良親王一同は恵良惟澄の治める御船《みふね》城にまいる。菊池武光どの御一同は菊池に戻られ、将軍宮の菊池征西府樹立の準備を整えてくだされ。準備が整いましたら惟澄の御船城まで迎えに来てくだされ」

武光と惟澄は将軍宮一団の厚い信頼に応えるべく気持新たに「承知いたしてございます」と挨拶した。

翌朝、菊池武光一団は一足先に菊池へ出発した。懐良親王は城主宇土殿に征西府旗を下賜し、感謝申し上げた。恵良惟澄率いる軍勢に従い、昼すぎには御船城に入った。城内には恵良惟澄の岳父、阿蘇大宮司・阿蘇惟時がかしこまって拝謁にまかり越していた。これは五条頼元が「ぜひとも御船城に顔を出して、懐良親王さまに拝謁してくだされ」という令旨に従っていたのだった。征西将軍宮は「阿蘇どの、よくおいでくだされ、うれしく思います。これからも一層の与力を頼みますぞ」と申されたのみで、これまでの度重なる協力要請の綸旨に応えなかったことへは一言の咎《とが》めだてはなかった。

阿蘇惟時は後醍醐天皇が京を逃れ比叡山に籠城し足利尊氏軍と戦っているとき、天皇方についていた。宮方であるべき阿蘇惟時は古代から続く阿蘇大宮司として、阿蘇郷の広大な社領、阿蘇神宮信仰を支えるため、今や武家社会にならんとする南北朝に足利尊氏寄りの中立を保たなければならなかった。代わりに娘婿の恵良《えら》（阿蘇）惟澄を宮方南朝につけて釣り合いを取っていた。恵良というのは阿蘇南郷谷久木野村恵良の小さな所領を与えられたことが姓の由来となっていた。狭い土地なので戦功によって所領を増やしてゆき御船、砥用という耕作地を広く持つことができていた。五条頼元は懐良親王と相談し、阿蘇惟時が北朝武家方と結託しないことを願っての拝謁要求であった。惟時は宴に加わることなく阿蘇の領地・矢部の浜の館に帰っていった。

その夜の歓迎の宴の前に五条頼元は将軍の宮の言葉を伝えた。「惟澄どの、貴殿の長年の南朝方への忠節に感謝し、砥用《ともち》郷（甲佐・御船を含む）の自領を安堵し、更に筑後権守《ごんのかみ》（国司の長官）を与える。恵良惟澄あったればこそ、八代郷の内河義眞、中院義定、松岡大学亮たちが八代での基盤がつくれましたぞ」と褒めたたえた。

一月二十日、出迎えに来た菊池武光一団に先導され、将軍宮懐良親王一行は五条良氏掲げる八幡大菩薩旗「金烏《きんう》の御旗」のもと菊池郷に向かった。橋を渡り、丘を越えて十余里、小休止を取りながら夕刻、菊池本城（隈府城）に入った。

武光が「将軍宮さま、五条さま、これが新築なりました菊池本城でございます。親王さまの御所はこの城の東、小高い山の内裏尾《だいりお》に建築してございます」と一行を武光と供回りが案内した。御所は小規模であったが、謁見の間を備え内装・備品に至るまで京都御所に劣らぬ贅《ぜい》を尽くしたものだった。

懐良親王は「誠に心を尽くした御所でござる。心新たにして九州制圧に邁進《まいしん》してゆきたい」と志を申された。

「今宵はささやかですが、心尽くしの歓迎の宴を用意いたしております」「武光、何から何まで忝《かたじけ》ない。今宵はゆるりと歓談したい。明日は菊池守護の館で軍議を行ったあと菊池郷の説明を受けたい」と親王は所望した。

宴は温かい菊池米のご飯や有明海の海の幸が菊池川を遡《さかのぼ》って届けられ上品に調理されていた。菊池の酒も美味であった。舞が披露された。鼓と唄に合わせて三人の女性が「阿蘇の山より湧き出ずる水を集める菊池川、菊池の郷に恵み産む…」と続いた。

懐良親王が武光に問うた。「どなたが舞っておられるのじゃ」

「兄武重の娘・重子とわたくしの妻、そしてその妹でございます」

一夜明けた。菊池本城下の守護の館に菊池武光は主だった家臣と征西将軍宮、五条頼元、良氏、良遠、それに中院義定らを前に挨拶した。

「九州統一に向けて、まず、五条頼元どのと相談して決めた。菊池御所を菊池征西府として政ごとを行っていただく。それに征西府と明確にするため懐良親王さまを征西大将軍宮と呼ばせていただきたい。親王さま、よろしいでしょうか」と言った。

親王も「かしこまって承知いたす」と応えた。

「南朝宮方の勢い、味方を増やすには征西大将軍宮には一度たりとも負け戦《いくさ》は許されません。豪族たちは勢いがある方、褒賞に与《あずか》れる方に味方するものと思ってくだされ」と前置きした。そして「第一に征西大将軍宮の直属の軍の充実と増員、そして厳しい訓練が必要です」と強調した。

「第二に肥後、筑後諸将への対策が必要かと。そのためには阿蘇大宮司・阿蘇惟時を足利武家方に回してはなりません。更に筑後川を渡ることが筑後を制することになります」

「第三に九州探題・一色範氏と筑前肥前守護少弐頼尚、豊前豊後の守護大友氏時、薩摩の守護島津貞久らの分裂・離反を計らねば九州統一は成就できないでしょう」

と持論を展開した。

　征西府一同は武光の持論を神妙に拝聴した。頼元は親子で相談して懐良親王に了解を求めた。「直属軍を増やさねばなりませぬ。誠のことでございます。薩摩谷山城で奮闘している江田行光一族（新田義貞一族の支族）二十騎が丁度、候補となります。谷山隆信城主の了解が要ります。良遠がその任に当たります。良遠は城主谷山どのの娘を嫁にもらっています。谷山隆信は二人の結婚を殊の外、喜んでくれました。武力・教養ともに申し分ない青年に嫁にもらってくれるとは頼元どの、懐良親王さま、ありがたき幸せと言ってくれています。何かと力になってくれましょう」。その旨が武光に伝えられた。素早い対応に前途に希望が差した。

昼からは菊池本城（隈府城）の主郭広場を周回しながら懐良親王は五条親子と共に菊池武光の案内で菊池郷を俯瞰《ふかん》して説明してもらった。「親王さまじきじきの所望により菊池郷の地勢をご説明申し上げます。菊池郷は西に大きく開けた平野でございます。平野の中央を菊池川と迫間《はざま》川が貫流し、玉名郷を潤し有明の海につながる高瀬湊に出ます。ここの湊から主に中国・朝鮮との交易を致しております。背後の東と北は阿蘇外輪山、九州脊梁山地に抱かれ、天然の要害をなしてくれています。もちろん、杣道《そまみち》を通って、阿蘇へ、豊後津江へ行き来できますし、筑肥山地の杣道を通れば八女郷の矢部川の山間地、矢部・黒木、更に星野にも行き来できます。

菊池一族はこれまで深川の平城・菊之池城を本城としていました。負け戦《いくさ》のときは本城を空にして背後の山に逃げ込んで、隙をみて巻き返していました。これではならじと菊池郷ぐるりと支城（とりで）を築き、本城を隈府の小高い山に移して新しく築きました。深川の菊之池城も支城の一つとしたのでございます」と説明申し上げげた。懐良親王は、「武光はじめ菊池一族の精進、見事なものである。城下の街並み、守護の館、守山の砦、南に見えるのが菊池川と申されたな。水運を利用しての海外との交易、広々とした菊池平野、菊池一族が強くて豊かなことが分かる。昨夜、今朝と御飯のおいしいことよ。味わい深いものであった。何か秘伝でもあるのかな」「親王さま、ありがたきお言葉。菊池米は菊池川の源流、阿蘇外輪、鞍岳、そして脊梁山地からの伏流水が菊池平野で田んぼを潤し、冬の寒さと夏の暑さがうまい具合に作用しまして天下の菊池米として名を売ってございます」

「さて、武光、菊池を拠点として筑後へ歩を進めるにいかなる策が良いであろうか」と懐良親王は問うた。

「親王さま、最も大切なご指摘でございます。その件は近いうちに軍議を行いましてご相談いたしまする。目下は菊池軍の戦《いくさ》訓練をご覧いただき、一糸乱れぬ戦法を身に付けてくださいさい。今は九州探題・一色範氏と筑前守護・大宰少弐頼尚が同じ地盤の筑前で覇権争いをしておりますので、私どもは訓練に集中いたしたく存じまする。鞍岳の麓の原野を開墾し、訓練場と致しておりまする。武光の『鳥雲の陣』と呼ばれています戦法をご覧いただきとうございます」と菊池武光は挨拶した。

菊池に征西府を開くと同時に征西府軍一団は具足を着け、菊池軍から与えられた肥後駒と呼ばれる脚は短かめであるが足腰の滅法強い軍馬に乗って訓練に従った。鞍岳の裾野凹凸をならして開墾され、乗馬の訓練ができるようにした。菊池武光は「鳥雲の陣」を具体的に説明した。「軍団を弓・槍・騎馬・物見・土木の五部隊に分けています。組み合わせを臨機応変に変え、各部隊を自由自在に操りながら完全分業させています。戦場で雲のように広く分散している兵が総大将の命令一下、各部隊の大将の下で兵士一人一人が狂いなく、敵本陣へ正確な連係攻撃を仕掛ける陣形であります」

「もちろん、何より大事なのは兵士の士気の高さであります。それは部隊指揮官の統率と采配いかんにかかっています」

陣太鼓の音でまず弓矢部隊が射的の訓練となった。射そこなった本数に応じて駆け足の距離と回数が課せられた。次は犬射馬場が設けられていて防具を着けた犬を走らせ、木製槍を用いて馬上から駆けながら犬の胴を突く訓練がなされた。突きそこなったら弓と同じように駆け足が課せられた。休憩の後、訓練が繰り返され、最後の仕上げは「鳥雲の陣」を敷いて白兵戦の模擬展開である。先鋒の突撃隊を走らせ中央突破と駆け抜けてゆく。それに弓矢隊から騎馬槍《きばやり》部隊、槍徒《やりかち》部隊が敵の攻撃陣形を隊列を木っ端微塵《こっぱみじん》に打ち砕く凄《すさ》まじい突撃力と破壊力である。これを見ていた征西大将軍宮・懐良親王や五条頼元、良氏、良遠親子は武光の統率力と機動力に天晴《あっぱ》れと賞讃を惜しまなかった。

親王は武光に「まさに武光の号令一下、理路整然と統率されて見事である。我々、征西府軍もよろしく鍛錬してほしい」と言った。菊池武光は応えて申した。「ご賞賛ありがたく存じます。征西大将軍宮の親王直属軍はこの危険な「鳥雲の陣」にはご参加できませぬ。親王直属軍の戦の訓練は大本営となりますので、それに則した戦法で訓練致したく存じます」。五条頼元が「征西大将軍宮をお守り致す訓練、よろしく頼む」と応えた。薩摩谷山城より江田行光軍が菊池入りし、征西府直属軍は百騎、徒《かち》三百人の所帯となった。駆け足と乗馬の乗りこなし、剣術、槍、騎馬槍と毎日のように訓練に励んだ。

菊池郷の冬が過ぎ、春が過ぎた。梅雨の季節となった。徒武者のほとんどが農民でもある。田植支度となった。この間も征西府軍の戦訓練は菊池軍とは異なった訓練で行われた。征西大将軍宮を守るための専守防御といっても〝攻撃は最大の防御〟である。原野を駆け軍馬を乗りこなし馬上から敵兵を槍で突く訓練、両手を手綱から離し槍を左右に使い分ける訓練、〝将を射んと欲せば馬を射よ〟といわんばかりに弓矢隊は的板に矢を射かける訓練、少々の雨でも地盤が緩んでも落馬しない訓練、いずれも一朝一夕には上達しない。

懐良親王も足腰を鍛え、軍馬を乗りこなすため一緒になって共に訓練に励んだ。親衛隊はそんな大将軍宮を敬慕するのであった。

懐良親王は二十一歳になった。五条頼元は菊池武光に相談した。

「親王さまは菊池御所に入られたとき宴の舞を披露してくれた重子さまを気に入っ

ておられるご様子です。親王さまのお食事のお世話をなさるときのご様子を見るにつけ相思相愛と思われます。私の長男・良氏は忽那義範どのの娘御・範子さまを娶《めと》り、三男・良遠は谷山隆信どのの娘御・信子さまと一緒になり、良き縁をいただいております。武光どのの亡き兄上・武重どのの御息女・重子さまと親王さまがご一緒になっていただきたく相談いたしまする」

「え、、それは願ってもない良縁でございます。重子も親王さまを慕い敬っておりますのでお話はうまくまとまることと存じます」と武光は喜んだ。話はトントン拍子に進み、この年の秋、菊池一族、菊池郷を守っている神社で婚礼の儀が行われた。南朝宮方の武将たちへの披露は年明けて一月二日、征西大将軍宮・懐良親王の菊池入り、菊池征西府の樹立の一周年の宴のとき一緒に重子殿を娶《めと》ったことを披露するという大々的な催しを伝えた。

　八代の荘にも知らせが届いた。内河義眞地頭識代官は平山城主・松岡大学亮と共に出立することにした。高田郷で取れた新米十石（二十五俵）と山の幸・海の幸を手土産に不知火海から有明海に出て玉名高瀬湊から船の積み荷を川船に積み替え、菊池川を遡上《そじょう》した。菊池城の近くの深川之湊船着き場に着いた。内裏尾の御所に着き五条頼元様の元へ到着、取り継ぎを伝えてもらった。五条親子が出迎えてくれた。

「五条さま、良氏さま、良遠さま、菊池征西府樹立おめでとうございます。また、このたびは懐良親王さま、ご成婚お祝い申し上げます。内河代官共々まかり越してございます。こゝに八代の高田郷で取れました新米と山の幸、海の幸をお祝いに持参しました。お納めくだされ。内河どのの灌漑事業で狭い荘園も少しずつ開拓され、収穫も増えてまいることと存じまする」

「菊池征西府を樹立出来たのも、内河どのをはじめ、肥後宮方の合力のおかげです。さあ、懐良親王さまもお待ちかねじゃ」と閲見の間に通された。

「内河どの、中院義定、大学亮、菊池武光、恵良惟澄らの力で肥後国・菊池までやって来た。九州制圧まで前途多難だが民の世が安まるまで皆と共に戦ってまいる決意である。このたびは菊池までご苦労でした」と励まし、労《ねぎら》いの言葉をいただいた。

「大学亮、そなたの教育のおかげで、土地土地の地勢、戦いの拠点の俯瞰《ふかん》よく学べている。そのおかげで地勢を習び取る作戦に参加するのが楽しく、大切なことと知った」と親王が応えた。

大学亮は懐良親王のためなら身命を賭さねばと思った。

「五条さま、懐良親王さま、征西府軍が北朝武家方との一大決戦の折は内河代官勢共々参戦いたしまする覚悟。そのときは大学亮、懐良親王さま、直属親衛隊に加えていただくようお願い致します」と嘆願した。「相分かった。菊池武光どのにも伝えておく。今は、八代の荘の繁栄のため内河どのに合力されたし」と柔かく受け止めてくれた。

年が明けて正月二日、九州南朝宮方の諸将が招集された。恵良（阿蘇）惟澄はもとより阿蘇惟時・阿蘇大宮司も家来共々菊池へやって来た。征西大将軍宮は喜んだ。「阿蘇どの、ゆっくり正月を楽しんでくだされ。重子を娶《めと》ったので会ってくだされ」と案内した。

筑後の八女郷《さと》からは奥八女の調《しらべ》一統の黒木氏、木屋氏、河崎氏、星野氏の諸豪と共に矢部郷の杣王も筑肥山地、峠道を越えて集合してきた。八女郷の矢部川沿いの黒木郷に初代・黒木助能が移り住んだのが調一統の始まりである。この地は北の耳《み》納《のう》山地と南の筑肥山地に囲まれた盆地である。黒木助能が京都御所の警備大番役で上洛したとき、内裏で宴が開かれた。雅楽が演奏されたものの楽の調子が出ず、横笛の名手と助能の主人であった左大臣が後鳥羽天皇に推挙した。助能は評判に違わず見事に楽の調子を整えた。天皇は喜び彼に褒美をとらせ、「調《しらべ》」という姓を与えた。子孫は本名の黒木、木屋、星野、河崎姓を名乗った。そこで一族をまとめて調一統と呼んだ。いずれも南朝方に忠節を尽くしてくれている。

菊池武光は征西府軍一同と南朝方諸将を菊池本城に呼んだ。

「皆々さま、正月早々ご参集くだされありがたい。征西大将軍宮・懐良親王さまを菊池にお迎えし、征西府を樹立いただき一年を迎えました。更に将軍の宮さまにおかれましては亡き菊池武重が娘、重子どのを嫁に迎えてござります。めでたい限りでございます。皆々さまにご披露申し上げ、南朝宮方の九州制圧に向けて合力をお願い致す限りであります」と挨拶した。

城内の広場は舞台がしつらわれ、諸々にたき火が囲炉裏のように用意され、暖をとるようにできている。まずは正月の祝いの雑煮と酒が振る舞われた。皆打ち解けて談笑し始めた。懐良親王の前に各諸将がかしづき、正月の祝賀、それに重子どのとの成婚の祝いを申し述べた。調一統の各将が挨拶を済ますと五条頼元が相談したき儀があるので、明日三日、御所に参内してくれと挨拶した。宴たけなわ、菊池武光が壇上から声を出した。

「皆の衆、正月で天気も上々、ただ今から菊池松囃子能をご披露致す。無礼講なので飲み食いは自由だが、大声での談笑はしばらく遠慮願いたい。懐良親王さま歓迎のため、一年にわたり稽古に励んだものであります」

鼓や囃子に合わせて「天下泰平、国家安穏、武運長久、息災延命、弓は袋に入れ、剣は箱に納め、我が朝にしては延喜の帝の御代とも言いつべし…」と唱詞が謡われ、能が舞われた。これは武光が京より能楽師を招聘《しょうへい》し、能舞台を整えて訓練し披露したものである。城内の広場は至るところにたき火がたかれ、酒や雑煮が振る舞われた。賑やかに談笑が繰り広がり、懐良親王、菊池征西府、そして菊池武光を中心とする南朝宮方の弥栄《いやさか》を讃える晴れの宴が盛大にもり上がった。

昼すぎには宴は散会となった。諸将らはそれぞれに用意された宿舎へ帰っていった。

懐

良親王は妻・重子と近習を伴って城郭を散策した。

「菊池の郷は広くて豊かだ。城下の守護の館から湊まで真っすぐな道が賑っているな。征西府も菊池どのに頼らずとも自前で財政を組み立てねばと五条親子と相談しているところじゃ。征西府は荘園を持っていないので大変なのではないか」。重子は「それなら城下を見学なさいませ。湊やら神社へ行けば、財を稼げるものがございます」

「湊は分かるが神社とは異なことを」

「神社にはきれいな天平染革がいろいろと使われています。これを鎧《よろい》や甲《かぶと》、刀などに使われては」と進言した。良氏が「将軍の宮さま、それは良い考えにございましょう」と賛成した。「それと、征西府直属軍の地盤が必要です。父・頼元と菊池武光どのと話し合って明日、御所に八女郷の調一統の武将に適地がないか会議を開き、相談する手はずにございます」

「うん、征西府も先々の見通しをつけねばならないときがきたようだ」と懐良親王の気力は充満してきた。連れだって内裏尾の御所へ帰った。懐良親王は重子と二人、夕食を済ませた。御所の東の山から月が昇ってきた。冬空の冴え冴えした空気に凛とした月であった。

「重子よ、冴えきった冬の夜空のお月さまだね。これまで一人のとき眺めた冬の月に、孤高はかくあれと言われているようで孤独なこれまでだった。しかし、今は重子という御息所《みやすどころ》がいてくれて孤独ではなくなった。幸せな日々だよ」

「重子も幸せでございます。親王さまの孤独なお気持ちが少しでも取り除けましたらと存じます」。月を眺めながら二人は肩を寄せ合った。

寝床に入ると二人は素肌になった。親王は重子を抱き寄せ、抱擁し愛撫を繰り返した。

楽しい和合ののち二人は深い眠りにつくのであった。戦《いくさ》のないしばしの新婚の日々が続いた。

翌朝、菊池征西府に黒木統利《むねとし》、木屋行実《ゆきざね》、矢部郷の杣王、星野、河崎らが参内した。征西府は将軍宮、五条親子、それに菊池武光が集まった。

五条良氏が「昨日ははるばると祝賀に参加してくだされ、ありがたく存じます。調一統においでいただいたのは、征西府直属軍が根拠にできる所を筑後八女郷の山奥に築きたいので相談に乗ってくだされ」と挨拶した。

木屋行実が「ありがたきお話でございます。筑肥山地の峠を越えて矢部川沿いの大渕一帯に開拓できる土地がございます。更に奥八女の山地にまいりますと、杣王が束ねております山民が狩猟採集、焼き畑をやっております。杣王、いかがでしょう」

杣王がかしこまって申した。

「わしらは徒党を組まず、自由に暮らしておるので人づき合いは苦手なれど、平安なよき国を目指しておられるのを聞いて、できることをお申しつけいただくと加勢いたします。粗雑な山民なれど大将軍の宮さま、お味方いたします」と。

「大宰府を目指すにはまず、筑後を制せねばなりません。敵方に侵入されずに開拓するには奥八女郷はありがたき。征西府直属軍も開墾に加わります。時間、年数はかかると思いますが、少弐守護と一色探題が覇権争いをしている今、早速準備いたしたい。武光どの、いかがでしょうか」

武光はじっくり考えたあと、「征西府軍が独自の地盤を築くことは大切なことです。前途は困難と思いますが、頑張ってくだされ。開墾の傍ら、軍事訓練、弓、槍、馬の乗りこなし、怠りなく。調一統一同、杣王よろしく頼む」とトントン拍子で計画が立った。

「征西府軍は開墾に必要な農具・兵糧など準備いたします。しばらくの猶予をくだされ」

「力を合わせ、筑後が宮さま方の治める地となりますよう願っております。準備できましたら国境の筑肥山地、柚木谷《ゆのきたに》、鹿牟田《しかむた》峠でお迎え致します」と調一統・木屋行実が応えた。

五条良氏は開墾用の農機具、食糧、更に忽那島から届けられた海産物を荷駄に乗せ運ぶ人夫たちを百人集めた。征西府直属の江田一族、栗原一族の十人の武士、それに息子の五条頼治を伴った。

国境まで鹿牟田峠の山道は幸い緩やかな上りで、荷駄車はそう難渋せずに到着した。木屋行実の配下の若者たちが出迎えてくれた。

「五条さま、黒木郷の猫尾城（黒木城）までご案内します」。夕刻までには到着した。

猫尾城主の黒木統利《むねとし》が調一統を代表して歓迎の挨拶をした。

「五条さま、奥八女郷を征西府の拠点に選んでいただき、この上ない喜びでありま す。敵方がやって来たら、この黒木の猫尾城で追っ放いますので心おきなく開墾されれ、作物やら家屋をおつくりくだされ。今宵はゆるりとお過ごしくださ い」。一同はひと晩泊らせてもらった。

翌朝、矢部川沿いの道を大渕の郷まで黒木統利の弟・木屋行実一行に先導してもらい、一里ほど進んだ。矢部川は渇水期で川床の岩がゴロゴロしていた。大渕の郷に着いた。氾濫原のような丘陵地が手つかずにあった。この里の民長《たみおさ》・大渕幸晴が「この地をまず開墾なさってください。谷川の水を注ぎ込んでいただくと稲作が見込めると思います。水が足りないときは矢部川から水を汲んでみてください」。厳しい話だったが、不可能ではなかろうと良氏は思った。

「ありがたい。まずは雨露をしのぐ小屋造りをさせていただきますが、それまでしばらく寝泊まりできるところをお貸しくだされ」と申し出た。

民長の軒先を借りることができた。良氏は「大渕幸晴どの、お世話になります。栗原忠光、一同この地の開墾に当たってくれ。ここが故郷と思ってくれ。荷駄部隊の半分はここで荷駄を降ろし、菊池へ帰ってくだされ。何台か荷車は置いてってくだされ。我らと残りの江田行重ら一同はこれから矢部の郷に向かう」。山民の杣王が出迎えに来てくれていた。

「杣王どの、先導よろしく」と言って、矢部川沿いの山道を馬を降りて歩いた。荷駄車は前引き、後押しして難儀であった。途中、日向神峡《ひゅうがみきょう》は通れず、回り道を余儀なくされた。杣王の先導につき従った。杣王の館のある神岩《かみのいわ》は八女《やめ》媛《ひめ》神社のそばであった。ここは矢部川とそれに注ぐ支流で形成される盆地であった。開墾に適した土地に思われた。山の民は土地に関心は低く、狩猟採集が中心で焼畑農業で食べるに最小限度の畑地があればよかった。杣王の館の小屋を借りて泊まらせてもらった。

翌朝、疲れを癒やした一行は荷駄を降ろした。荷車は難所があったので全部置いていって菊池へ帰した。江田一族がここに残り、山民の手の空いている者を雇い、一緒に開墾を手伝ってもらうことにした。良氏は杣王に感謝の言葉を述べ、米と金銭を預け、「山民の人夫賃に使ってくだされ」と杣王の前に差し出した。杣王は「心配いらん、これから行かれる星野郷に持ってゆかれ」と遠慮した。星野郷には別途で届くようにしてあると申し述べた。

江田行重は「皆の者、この矢部郷が我々江田一族の故郷じゃ。心を込めて開墾に励んでくだされ」と覚悟のほどを示した。良氏と息子頼治は山道を山の民数人の案内で、歩いて星野川の渓流に到着した。まさに山の民の杣道を歩きゆく姿は、自然の中の生き物だった。

谷川の橋を渡り、川に沿って下って行くと拓《ひら》けた所に出た。星野川を再び渡ると左手は本星野《ほんぼしの》といって星野殿の館と背後の山に妙見城という山城に到着した。今来た対岸から見ると平らな低地になっており、耕作できる田園地帯であった。

星野家第四代星野胤親も先祖は黒木姓であり、調一統一族であった。

「五条どの、頼治どの、ようこそ星野郷へ。山道は難儀でしたでしょう。ここら辺りは馬も荷車も使えます。星野川沿いを下って行けば矢部川と合流します。黒木から菊池へとつながっています。星野一族は向かいの耳納《みのう》山地を越えて生葉《いきは》（現・浮羽、吉井町）へ出ますし、朝倉の三奈木《みなぎ》辺りまで領地でございます。また、耳納山地を尾根伝いの道を馬で通れるよう開拓いたしております。高良《こうら》大社まで通じております」と地勢を説明した。

「征西府の拠点を奥八女にと開墾いたし始めました故、ご挨拶にまかり越しました。大宰府に征西府樹立のため、筑後の進出のため、調一統の宮方として与力くださされ」と良氏が挨拶した。

「高良大社も由緒ある神社でして宮方勢です。案内いたします故、ぜひ、ご挨拶にまいりましょう」

五条良氏・頼治親子は星野光能の館に逗留させてもらい、星野郷・耳納山地の地勢を見せてもらった。耳納山地の西端に高良山があり、そこからの眺望は筑後川から筑紫平野まで手に取るようだった。良氏の息子・頼治が「筑前進出にはこの高良山が絶好の拠点になりますね」と星野光能に言った。

「そうです。星野一族、高良大社と知遇を得ています。荘園の一部を寄進し、そこからの米を年貢として納め、領地の安堵をいただいています」

もとより筑後一の宮、高良大社は宮方であり、国衛神事を担う大荘園主であった。懐良親王は菊池征西府樹立の折、法華経の写経を奉納していたので少なからず南朝宮方とのつながりができていた。

五条良氏は高良大社宮司に挨拶した。「征西大将軍宮・懐良親王の家臣、五条良氏と申します。征西府が九州統一し大宰府を治め、九州の平安を願っています。よろしくお願い致します」「高良大社は国家安寧を願う社故、積極的なご加勢はできませぬが、高良山一帯を宮方陣地としてお使いくだされ」と味方する旨、返答された。

五条良氏親子はその年の暮れには菊池に帰還した。大将軍の宮、菊池武光、五条頼元らに御所に集まってもらい報告した。

「一年近く留守を致しました。おかげさまで奥八女郷の大渕郷、更に奥の矢部郷に開墾できる土地を提供してもらいました。時間はかかるかと思いますが、不可能ではないと思います。栗原・江田一行にはこの地が故郷と思って精魂尽くしてくれるよう頼みました。段々畑風に土地を増やし、谷川から水を取り入れるよう工夫すれば稲作も可能ですし、平らな土地も所々に見られます」と報告した。

「更には星野郷も訪れました。山紫水明の豊かな所でございます。星野どのがとても良くしてくれました。耳納山地の道を開拓しておられ、西端の高良山まで尾根伝いに馬を走らせることができておりました。高良大社から筑紫地方を俯瞰《ふかん》するような絶好の場所でございました。星野どのは広大な荘園の一部を寄進されていまして、征西府・懐良親王さまにお味方くださる心積もりで、『高良山一帯を拠点にされてください』とのことでございます」

懐良親王は「征西府のためよくぞ働いてくれた。大儀であった」と良氏親子を労《ねぎら》った。

「朕らもその間、頼元と重子と連れだって八代の妙見宮に行き、染め革師の牧兵庫に会った。牧家の天平染革は妙見宮のために製造・貢納するもので、神仏の名号（不動明王、不動の梵字・八幡の二文字）をあしらってあり、商売が禁じられている。頼元と相談し、新たに正平染め革と名付け、征西府として牧兵庫に製作権と販売権を与えた。染め革模様はもっぱら獅子と牡丹と唐草紋にした。使い道はたくさんあろう。交易品としても銭が稼げるのではないか。利益は牧家と折半することで話がついた」と銭のできる法を手に入れたことを語るのであった。

天下の情勢は風雲急を告げ始めた。足利尊氏の庶子・直冬が父・尊氏から追討を受け、九州へ下向して来た。彼は追討されたとはおくびにも出さず、「将軍の命を受けて九州西下してまいった」と北朝武家方を味方につけて少弐頼尚と結託、勢いづき始めた。仇敵《きゅうてき》の九州探題・一色範氏は息子・一色直氏を菊池隈府城下の征西府に早馬を飛ばさせ駆け込んで来た。一三五一年のことである。「征西将軍どの、菊池武光どの、同盟を結び少弐頼尚、足利直冬勢を成敗いたしましょう」との提案であった。これまで筑後への足がかりを一色勢に敗れ、筑後溝口城（現・筑後船小屋東の矢部川堤防沿い）を取られたまま八年が経過していた。早速、軍議が開かれた。菊池武光が口を開いた。「一色勢は少弐・直冬勢に蹴散《けち》らされ、散々の様子です。ここは彼らの要請を受けましょう。ただし、少弐勢を筑後から追っ払う程度にして恩を売っておきましょう。また、筑後溝口城を八年ぶりに奪回する絶好の機会でもあります」と提案した。

一三五一年秋、一色勢は少弐・直冬軍に肥前まで追い詰められ、絶体絶命の窮地であった。主戦場は豊福原（現・八女市豊福から広川付近）であった。菊池軍の「鳥雲の陣」の絶好の的であった。弓矢、騎馬武者、槍部隊と日頃の稽古さながら少弐勢を圧倒した。一方の探題・一色勢は少弐勢に圧倒され、征西府軍とは合流できず、退路を絶たれ豊後・日田へ落ち延びた。

大宰少弐・足利直冬勢は後ろ循であるおじ・足利直義が亡くなると、まるで潮が引くように次々と味方が去っていった。一色勢が盛り返して直冬陣の大宰府を襲ったときは直冬は九州を離れて遁走《とんそう》していた。今度は大宰少弐勢が劣勢となり一色探題勢に追い詰められた。

一三五三年、征西府軍・菊池武光軍は筑後溝口城に駐屯して、来たるべき武家方探題・一色範氏勢との決戦に備えていた。そこへ少弐頼尚の息子・冬資が筑後溝口城へ血相を変えて飛び込んで来た。「大将軍の宮、少弐存亡の危機でございます。なにとぞ征西府軍の救援をお願いします」と額を床に擦りつけんばかりに平身低頭した。かつての仇敵・少弐守護は昨日の敵は今日の友、合従連衡《がっしょうれんこう》の時代である。哀れな姿の冬資の前に大将軍の宮と武光はすぐには確約は与えずに焦らせた。たまりかねた冬資は「救援くだされば今後、少弐が子孫末代に至るまで菊池に弓を引き矢を放つことあるべからず」と証文血判を出した。

少弐頼尚筑前守護は幕府追討令が出ていた足利直冬と行動を共にしていたため、足利尊氏幕府に盾突いたとして、もはや武家方に戻れなくなり、征西府軍と手をつながざるを得なかった。北朝幕府軍・一色範氏探題は勢いを巻き返してきていた。今度の主戦場は針摺原《はりすりばる》（現・筑紫野市）であり、菊池軍に好条件の広い丘陵地帯であった。武家方・一色主力軍は豊後の大友氏時、薩摩の島津氏久の軍勢で征西府軍の二倍の兵力であった。

ここでも弓部隊・騎馬槍部隊・槍徒《やりかち》部隊が作動し、先発の大友陣を中央突破し、陣形・隊列を木っ端微塵に打ち破った。このとき、阿蘇惟時も六十代の老躯を押して出陣していた。比叡山攻防戦以来の十七年ぶりの南朝方参戦であった。最後のご奉公との覚悟だった。翌一三五四年病没。娘婿恵良惟澄に阿蘇大宮司職と家督が宮方一筋に忠節を尽くした勲章として継承が許された。

一三五五年、九州探題・一色範氏、直氏、範光父子は長門（現・山口県）に落ち延び、更にその長門を追われ、長年務めた九州探題の地位も追われ矢尽き刀折れた形で失意の上洛となっていた。反宮方はこれで終えたわけではなかった。少弐頼尚は豊後大友氏時と示し合わせて大宰府宝満山麓の有智山《うちやま》城で挙兵し、筑後に南進し始めた。大友氏時は豊後から肥後へ侵攻作戦という。菊池武光は大友氏時の拠点・

高崎城攻略を目指していた。これは武家方少弐頼尚と大友氏時の間で練られた巧妙な宮方征西府壊滅作戦だった。足利幕府は尊氏が没し、二代目義詮《よしあきら》が征夷大将軍となり、征西府を撲滅せよと厳命を受けた。頼尚は宮方征西府の力を利用して宿敵一色探題を九州から追放すると、宮方に服する必要がなくなり、手のひらを返すように征西府とは手を切り、武家方に同調した。

一三五九年五月、急遽隈府《きゅうきょわいふ》（菊池城）へ帰還した菊池武光は大将軍宮・懐良親王、五条頼元父子らを前に菊池御所で軍議を開いた。「将軍宮さま、愈々《いよいよ》決戦のときが来たようです。征西府が九州を統一するには九州の政治、軍事、外交の中心大宰府を掌握しなければなりません。反宮方最後の仇敵・大宰少弐北朝武家方と雌雄を決しましょう」と決意のほどを述べた。

懐良親王が菊池入りして十一年が経過した一三五九年七月、征西府は菊池武光を総大将として高良山に本陣を敷いた。九州各地の南朝宮方に綸旨《りんじ》を飛ばし、高良山に参集を促した。筑後平野に突き出た耳納山地は天然の要害であった。更に、筑後川を隔てて筑紫平野の少弐勢の動きも俯瞰できた。高良山周辺に支城（とりで）を築き、日向、薩摩、南肥後から続々と集合してきた。八代城主名和顕興（伯父名和義高の養子となり家督を継ぐ）は一三五八年、一族三百人を連れてやって来ていた。四万の兵となった。兵糧や武器、武具の兵站《へいたん》は五条良氏と奥八女の山の民たちが任に当たった。馬や兵を養う重要な活力源である。総大将・菊池武光が各武将を集めて作戦・陣営を伝えた。

「各々方、いよいよ決戦のときが来ました。ここを死に場所と覚悟して戦ってくだされ。菊池武光が総大将を務める。前衛軍、精鋭軍、馬廻り部隊を菊池一族八千が務める。征西大将軍・懐良親王さまの護衛軍は征西府の親衛隊と新田《にった》（江田行光はその支族）一族五千が担う。左翼隊を名和一族（内河義眞・名和顕興）、右翼隊・東方部隊を薩摩・日向勢が担って正面から、側面から攻撃体制を整える。筑後川の南岸の堤防下に陣を張ってくだされ。各部将に地勢図をお渡し致す。用意周到に行動してくだされ」

一三五九年七月十七日、南朝軍は一勢に筑後川南岸に陣を張った。高い堤防のおかげで本陣営を大半遮蔽《しゃへい》できた。一方の北朝方少弐勢は六万の軍勢をそろえ、筑後川支流の宝満川一帯に布陣していて、頼尚の嫡男・直資と甥の頼泰陣は筑後川を渡って来る南朝勢を迎撃せんと川岸近くに布陣していた。ところが軍議していると豊後の大友氏時が菊池武光の「鳥雲の陣」のすさまじい破壊力に、今の場所ではたちまちに蹴散らされますと進言、沼地の多い大保原《おおほばる》で戦いましょうと。少弐頼尚も武光軍の破壊力を目の当たりにしているので、全軍、福童原《ふくどうばる》、大保原に一里後退の指示を出した。少弐軍から「これでは戦わずして負けたも同然でござる」と不満の声が上がったが、吉と出るか凶と出るか。軍勢の士気をくじいた。

この北朝方少弐軍の作戦変更により、宮方軍は七月十九日夜半、やすやすと筑後川を渡河できた。作戦通り宮方本陣を筑後川北岸から支流宝満川近くまで宮の陣を敷き、菊池勢三陣と征西府軍・新田一族の二陣が勢ぞろいした。それに右翼隊、左翼隊が控えた。物見が帰って来た。

それによると「少弐頼尚は大保原に本陣を敷き、小郡《おごおり》、福童原に前衛隊をそろえ、左翼に大友氏時勢、右翼は少弐直属軍が控えております。周囲は湿地帯が多く道路も寸断しており、南朝宮方が攻撃してくるのを迎え打つ作戦であります」と報告した。少弐勢は兵站《へいたん》線が短く補給は容易であり、南朝宮方は兵站が延びて長期戦は少弐頼尚有利と見ていた。

戦線は膠着《こうちゃく》状態であった。六年前、少弐頼尚が九州探題・一色範氏にあわや滅ぼされんとしていた窮地に「助けてくだされ。末代まで手向いしません」との証文を旗に掲げ敵前戦を挑発した。士気をくじいたのか、攻撃はしてこなかった。菊池武光はこの炎天下に攻撃を遅らせるのは得策でないと判断。決死隊による夜襲作戦を取った。危険すぎる任務に自らの嫡男・武政を隊長に指名した。参謀に経験豊富な木屋行実（奥八女・黒木調一統）に託し三百人の決死隊が八月六日、闇夜のなか宝満川東側を身を低くして進んだ。少弐頼尚本陣の大保原の後方に迂回するため宝満川を渡河し西岸へ達した。百人ずつ三分隊に分かれて、さあという所で少弐方の巡察隊に見つかってしまった。隊長武政は瞬時の躊躇《ちゅうちょ》も許されず、敵本陣突入の命を下した。八月七日未明、決戦は開始された。

「敵襲！」の声が陣営内に響きわたる中、木屋行実に遅れることなく、火を放ち、敵陣を撹乱《かくらん》した。寝込みを襲われた敵兵は慌てふためき、陣営の隊伍を立て直すことはできなかった。総大将・菊池武光は大保原の戦陣から火の手が上がるのを発見、物見からの知らせで戦いが始まったと判断。総攻撃の命令を下した。沼地や湿地帯の大保原では菊池勢の「鳥雲の陣」は発揮できないで一進一退であった。武光苦戦とみた懐良親王征西大将軍は、征西府軍団で助立ちに出なければと号令をかけた。「金烏の御旗」を掲げ、征西府軍三千がなだれを打って少弐陣に襲いかかった。吉野南朝廷から派遣された数十人の懐良親王直属軍の中に、松岡大学亮も加わっていた。懐良親王を守るために生命を賭ける覚悟であった。

金烏の御旗が動くのを見て、頼尚は「将軍出でたり」「将軍を討《う》てば勝ちであるぞ」と叫んだ。兵士たちは親王めがけて突進して来た。親衛隊は必死に人柱となって突進を防いだ。懐良親王は〝戦いとは狂気の魂だ〟、相手のことなど考えることなく大刀を振った。

矢が飛んで来て、馬上の親王の左脇腹に当たり鮮血がほとばしった。気丈な親王はひるまず馬を疾駆させた。今度は愛馬に矢が当たり、親王は地上に叩きつけられた。そこに敵兵が親王の右肩に深く斬りつけた。親衛軍は身を盾にして親王を守ったが、次々と討ち取られてしまった。親王は刀疵《きず》と矢疵で体中血だらけであった。そこに江田行実ら新田一族が駆けつけ、少弐勢に襲いかかった。その隙に親王を福童原の後方に離脱させた。五条良氏が影武者となって金烏の御旗を掲げた征西府本営の健在を示した。親王は応急処置を施され、耳納山地突端の麓のとりでに運ばれた。親王の出血は止まったが、意識不明の状態であった。傷が化膿しないようきれいな水で一日に何度も洗って布を当てた。名医と名高い星野郷の薬師のもとに運んだ。薬師の薬草による化膿止め、炎症止めの処置と五条頼元ら近臣の看病・祈願のかいがあって負傷五日目に意識が回復した。枕元には妻重子がうれし涙で手を握って喜んだ。

「皆の者、ありがとう、戦《いくさ》はどうなった」

「将軍宮さま、激しい戦いでした。少弐の嫡男・直資、弟の副大将少弐武藤《たけふじ》が討ち死にすると少弐頼尚はこれまでとばかり、宝満山へ退却逃走いたしました。深追いは禁物で兵も疲れていましたので戦いはそれまでです。宮方征西府の勝利でございます」と戦い終えて、星野に駆けつけた菊池武光が親王のおそばで報告した。

「戦いとは狂気の魂だと思った。武光ら菊池勢の苦戦についい飛び出してしまった。迷惑をかけた」

「お気持ちありがとうございます。大将軍の宮をお守りできず、びっくりして血が引く思いでございました。早く戦いのない世を迎えたいと存じます。少弐北朝勢もこれまででしょう。味方につく武将はいないと存じます。親王さま、元気を取り戻され、英気を養ってください。それから大宰府を手中に収めましょう」。武光もうれし涙であった。


懐良親王の疵《きず》が愈《い》えてふた月が経った。親王は「菊池に戻る前に大保原の決戦地で亡くなった兵士、将兵を弔いたい」と申し出た。何百・何千という兵が戦死した。

松岡大学亮も親王の盾となって戦場の屍《かばね》となった。征西大将軍宮・懐良親王は哀悼の涙を流した。そして「兵士の皆、大義の前に生命をかけて戦ってくれました。ありがとう。必ずや、安らかで良い国にしてゆきたい」と誓った。

菊池に戻り、妻子水いらずで近くの山鹿の温泉で静養した。英気を養い菊池武光、五条親子らと大宰府を治めるあと一歩のところまでやって来た。

第三章

星野郷《さと》にて永遠の眠りに

九

州の南北朝における決戦ともいうべき大保原《おおほばる》の戦いで、南朝総大将・菊池武光は北朝幕府方・大宰少弐頼尚勢を大宰府に潰走《かいそう》させて二年が経った。この二年間、兵力気力を充実させた征西府軍は敵地、肥前や筑前の大半を平定した。征西将軍宮・懐良親王の「敵対せず、南朝方に加われば皆の所領安堵致す」との約束に所領が安堵されるなら北も南もないとばかりに武器を置き、兵装を解いた。荘園からの農産物こそが民百姓の生活の糧であった。土地を一生懸命守ることが領主の務めで皆喜んで南朝の傘下になった。菊池武光は、

「将軍の宮さま、筑前・肥前のほとんどの諸将は敵対しないと誓いました。少弐頼尚は多勢に無勢です。いざ大宰府へ攻め入りましょう」と進言した。懐良親王征西将軍も、

「時は今、いざ出発である」と鬨《とき》の声を上げた。

一三六一年夏、南朝軍は一気呵成《かせい》に大宰府に攻め込み、少弐の館を焼き払った。

裏山の有智山《うちやま》城に立てこもって大宰少弐勢は必死に抵抗したが、求心力を失って援兵は数少なかった。少弐頼尚総帥はあえなく宝満山を越えて盟友・豊後大友氏時のところへ落ち延び、兵は四散した。

同年八月末、征西旗「金烏《きんう》の御旗」を先頭に征西大将軍・懐良親王は総大将・菊池武光勢に守られて大宰府政庁に入府した。政庁は天満宮内に同居している安楽寺にあった。跪《ひざまず》いてかしこまっている官吏たちを前に懐良親王ら一同、馬から降りた。参謀長の五条頼元が口を開いた。

「皆々方、ここにおはすは征西大将軍・懐良親王さまである。本日よりこの地に九州征西府を樹立致す」と宣言した。

「征西将軍・懐良である。京より九州へ下向し、二十五年の歳月がかかった。遠《とお》の朝廷《みやこ》といわれた大宰府の地に着任することができた。感無量である。民の暮らしが穏かである世を願っています」と挨拶した。

安楽寺の講堂に移って官吏たちは征西将軍の拝謁を受けた。その中に少弐頼澄という頼尚の三男が畏《かしこ》まっていた。終始大宰府政庁について政務・経理全般の重責を担っていた。南北朝にあって親子で南・北と本人の判断で過ごすことは珍しくなかった。少弐頼尚次男の冬資は一色範氏の進攻であわやというところを征西府に頼み込み、助けを乞うたことがあった。このあと「幾代にわたって反旗を翻すことはありません」との約束を守ったが、少弐の家系を守るため大宰府の戦いで父に乞われ、北朝に戻った。

大宰府都府は平安時代、その役目を終わり消滅したが、九州一円の租税の集積地として鎌倉幕府は少弐職として一族の武藤資頼を派遣した。

赴任して政庁の必要性を強く感じた。更に大陸との交易の税収入の管理として博多を治めることは治安の面、経済収入の面から重要な仕事であった。政務が軌道に乗って安定した日々になった。

五条頼元は家督を継いだ三男・良遠、菊池武光ら数人を集めてこれからの征西府について評議を行った。「親王さまには九州征西府御所ができるまでこの安楽寺にしばらく住居を定めていただきます。良遠と頼治（良遠の息子）、および直属軍は護衛のため安楽寺境内に住んでもらいます。武光どのは大宰府征西府を護衛するため天満宮を取り囲んで常駐くだされ。そして近くに征西府御所を建設する指揮を取ってくだされ」

「して、五条頼元さまはいかがなされますか」と菊池武光が聞いた。懐良親王が、

「頼元には朕が幼少の頃より学問や武芸を授けてくれた。長じては征西府の方針の舵取りをしてくれた。大保原でも武光を支えてくれた。星野どのからの申し出もあり、長年の南朝への功労に対して筑前朝倉三奈木《みなぎ》荘の地頭職を下賜《かし》致す。三奈木は丘陵地にして風光明媚《めいび》で実りも豊かで星野どのの館もあると聞いている。大宰府からも半日の道のり、ゆっくり静養してくだされ。朕も時々は寄らせてもらう故、感謝申し上げる」と功をねぎらった。頼元は七十歳を過ぎていた。

「身命を注いで親王さまにお仕えしてきました。京を出てから苦節二十五年たちました。菊池どのの獅子奮迅《ししふんじん》の働きで親王さまをお守りくだされ感謝の限りです。これを機に隠棲《いんせい》いたしとうございます。安寧な日々であることを願っています」と挨拶した。

さて、大宰府政庁はいっときの猶予もできなかった。九州一円からの租税の収集

管理をきちんとしなければならなかった。征西将軍の所領安堵の恩情にかまけて租税支払いをさぼる豪族荘園主に対して菊池武光は烈火の如く怒り、甘くないことを示した。領主一家をざん殺し、周りの者を震え上がらせた。博多での交易、外国使節団とのやりとりは九州探題が少弐から取り上げていたのを引き継いだ。博多承天寺がその役割の場所であった。交易の関税により輸出・輸入で莫大な利潤が征西府に集まってきた。征西府は博多と大宰府五里の道のりを整備、更に菊池と大宰府を軍用道路（兵站線）として整備した。

朝、菊池を出たらその日のうちに大宰府に物資や兵士が到着できた。

懐良親王は博多の交易の盛んさをみてとり、菊池軍が交易や交渉がうまくゆかぬとき倭寇《わこう》といわれる強奪で利を上げ、その分、民百姓の年貢を軽くしてやっていることを知った。

「水軍をつくれ！」と良遠と頼治に命じた。関船を六十隻、交易船を六十隻急ぎ各湊に造船させた。「菊池や松浦党に負けまいぞ」と叱咤《しった》した。

大宰府に征西府を樹立して七年が経過した。前年、五条頼元が三奈木の荘にて七十八歳で病没した。心身ともに燃え尽きての波乱万丈の生涯であった。懐良親王が父とも仰いだ頼元であった。

「本当に心から支えてくれてありがとう。朕も生涯が終焉《しゅうえん》したら頼元の傍らに埋葬してもらう故、待っていてくれ」と鎮魂と哀悼の言葉を述べた。

一三六八年、京の足利幕府二代将軍・義詮《よしあきら》が若くして病没、三代目義満の代となった。

政権交代の混乱に乗じて懐良征西将軍は、

「京へ攻め上るぞ！」と号令した。菊池武光の諫《いさ》めも聞かず、瀬戸内海の制海権は北朝方、細川頼之管領《かんれい》（副将軍）にあるにもかかわらず東上した。兵団の数も水軍の操術も遥かに及ばず、這《ほ》う這《ほ》うの体《てい》で退散した。菊池武光は「親王さまの五条頼元どのとの見果てぬ夢を実現されようとしての行動であろうが、これで瀬戸内海は北朝方の制海であることを認識されたであろう」。高い代償であった。

そんな折の一三七〇年、赤間関を東上せんとする不審な大型船をだ捕した。何と京の将軍義満へ向かおうとする元《げん》王朝を倒した漢民族朱元璋《しゅげんしょう》による明の使節団であった。博多の港へ連行した。承天寺（征西府博多交易所）で外交実務を担当している饗庭《あえば》道哲は征西将軍・懐良親王と特使へ厳しい詮議《せんぎ》を行った。元寇で筑前・肥前は夥《おびただ》しい被害を被り兵士を失った。その怨念もあり、「即刻処刑を命じた」。遠の朝廷を自負する征西将軍・懐良親王の短慮であった。驚いた道哲は「モンゴルによる元《げん》という国を滅した明《みん》という漢民族・朱元璋の国家であります。大国であり、敵に回すことはまずうございます。面従腹背《めんじゅうふくはい》の外交でゆきましょう」。思い直した征西将軍は一転して遣明朝貢使《けんみんちょうこうし》をもてなし、倭寇禁止の要請を懐柔策でもって矛先をかわした。征西府も自ら倭寇の一味であったが、これを機に征西府らしく方針を糺《ただ》した。

九州征西府は九州北朝方の力が衰えたあと大宰府政庁・博多の交易都市をも掌握し、全盛を迎えた。ここで筑前守護・少弐、九州探題・一色、菊池守護の歴史を俯瞰してみる。

少弐氏の歴史は一一九五年、征夷大将軍源頼朝が初代大宰少弐《だざいのしょうに》職に側近の武藤資頼を鎌倉から九州に下向させた。豊後の大友氏、薩摩の島津氏と関東下り三人衆といわれた。資頼は大宰少弐の官職に就くとともに筑前、肥前、豊前、壱岐、対馬の守護職に任じられた。もって官職大宰少弐の少弐を姓とした。子孫は北部九州の名門として隆盛し、絶大な権力を誇った。権力基盤の源泉は源平合戦での戦勝地、那珂郡と糸島の前原地方の広大な没官地と大宰府が持っていた対外貿易による膨大な経済的利益の占有であった。元冠の戦いのときは身命を賭《と》して国家を守った。恩賞は大宰府城（天満宮の裏手にあった）の築城であった。

一色範氏は足利尊氏の分身とも言うべき存在で、京での朝廷・後醍醐との戦いにやぶれ九州まで落ち延びた尊氏が多々良《たたら》浜の合戦に勝利し、京に上るとき九州探題（九州諸将の軍事動員権、恩賞決定・裁判権の所有）として博多に残り、駐留した。しかし知行地もなく兵員の召集もままならなかった。少弐氏の知行地を幕府から与えられたり、博多の商業地を保有し、少弐氏と対立した。少弐は幕府の命とあっては正面きっての歯向かいはできなかった。

　菊池氏は初代藤原則隆に始まる。大宰将監として大宰府天満宮領の肥後の国・赤星の将監として一〇七〇年、下向して来た。京にあっては従五位下九州警固使、徴税官だった。夏の終りに着任。池のほとりに野菊の花が咲き乱れていた。ここから菊池姓を名乗った。身分は高くない公卿出身だったので宮中から姫や官女を迎え、出自の良さを磨いてきた。子孫の出世は母親の出自の良さが物を言った。それから幾星霜、ついに祖先の地・大宰府に到達できた。菊池武光にとって感無量であった。

　数年が過ぎた。戦いに明け暮れたが幕府軍大方の北朝勢も鳴りを潜めた。早春は安楽寺と同居する天満宮の梅が見事であった。懐良親王は長年の夢を達成した。上洛の夢は終《つい》えたが、一三六六年、南朝方後村上天皇の第六皇子・良成《りょうぜい》親王を大宰府に迎えた。頼元が亡くなってからはいつにも増して瞑想の日々を懐良親王は過ごしていた。この頃の心境をうたった和歌が信濃《しなの》にいる兄宗良親王のもとに残っている。

日にそえて遁《のが》れんとのみ思う身にいとど浮き世のことしげきかな
(日ごとに隠棲したい気持が湧き上がるのに俗事の処理の多い毎日であります)

知るやいかに世を秋風と吹くからに露もとまらぬ我が心かな
(兄・宗良《むねよし》親王よ、知っておられますか。憂世に秋風が吹くにつけ私の心にも世を厭《いと》う思いが募り、露が草木からたやすく落ちるようにいささかも執着することなく現世を離れようと思う心であります)

北朝方の少弐勢、大友勢は弱体化、遠い島津も領地安堵できていて征西府は安泰だった。

しかし九州探題・一色範氏が九州から駆逐されたあとも足利幕府は九州平定をあきらめたわけではなかった。第二陣斯波《しば》氏、第三陣渋川氏と九州へ送り込んだが、彼らにその気がなかったのだろうか、九州征西府から早々に撃退された。足利幕府第三代将軍・義満は義詮《よしあきら》の死により出家していた今川了俊を四国管領、細川頼之の推薦で九州探題に任用した。今川了俊は冷静沈着で、綿密に事前工作を整えた。九州征西府から追放されていた少弐冬資、大友親世らは今川了俊の嫡男・義範と実弟の仲秋らと力を合わせ、背水の陣を敷いた。一三七二年八月、いよいよ今川了俊勢の総攻撃が始まった。半年がかりの大宰府包囲網作戦が成功し、九州南朝の拠点・大宰府征西府は三日間であっけなく陥落した。

「将軍さま、有智山城も万策尽きまして落城やむを得ない状況にございます。全員退却し、筑後川を渡り耳納山西端の高良山《こうらさん》城で態勢を整えとうございます」と促した。

大宰府征西府を樹立して十一年、権勢を誇ったが劣勢に立たされた征西府軍であった。しかし知勇兼備の菊池武光が健在である限り、幕府探題今川了俊と言えども強気の攻めには慎重だった。ところが一三七二年十一月、総大将・菊池武光が急逝した。続く敗戦と刀傷《かたなきず》を負っての心身の疲れから脳溢血《のういっけつ》を起こしたとの薬師《くすし》の診《み》たてであった。懐良親王を征西将軍に奉じて大宰府を制覇し、五十二歳の生涯を閉じた。

「総大将の死を敵将今川了俊に知られてはならない」と箝口令《かんこうれい》が敷かれた。しかし征西府軍の統率のとれていない攻撃に今川了俊はおかしいと密偵を放った。この勘は当たっていた。「武光の死」が確実視されるや了俊はもはや、慌て騒がず立ち振る舞った。征西府は即刻、武光の嫡男・武政を第十六代菊池一族の惣領に指名、征西府軍総大将に就任した。

「今川了俊はわずかな供回りと共に福童原《ふくどうばる》の前線を巡察するとの知らせが入りましてございます」との情報に、武政総大将は了俊の老獪《ろうかい》な偽情報に飛びついた。敵陣深く自ら陣頭に立って戦いに挑んだが敵のわなであった。鎧《よろい》にはいくつもの矢が突き刺さり、満身創痍となった。危急を知った菊池勢、征西府軍が救出、全滅は免れた。総大将武政は半年もしないうちに高良山の中で武光の後を追うように亡くなった。征西府陣営では十二歳になったばかりの嫡男・賀々丸《かがまる》（のちの菊池武朝）が第十七代惣領となり、陣営を整えた。しかし相次ぐ総大将の死亡で征西府軍は求心力を失い北朝・今川軍五万の軍勢に圧力をかけられた。

「将軍さま、撤退し、陣を立て直しましょう」

武光の死以来、征西将軍懐良親王は心中察するものがあった。
「良くやった。退却いたそう」と号令をかけた。今川了俊は総大将賀々丸に阿蘇惟村（恵良惟澄の息子）を通して「降伏すれば菊池の所領は安堵致す」との条件を呈示し、降伏勧告を呼びかけた。

あり得ない話だ。単に菊池一族の問題ではないのだ。征西将軍・懐良親王は征西府軍の兵士と共に高良山尾根伝いに生葉《いきは》郡星野郷の妙見本城のある星野一族の城下に退却した。星野郷は耳納山山越えの細い道が北麓に数カ所あるが全部で二十を支城（とりで）で防御し、進入者は矢を射かけられて退却を余儀なくされてしまう。耳納山尾根伝いも同様である。東側の背後は九州脊梁であり、道といっても杣道である。

残るは星野川や矢部川の流れくる八女盆地から川に沿っての細い道である。
今川了俊軍は八女盆地をなす本流・矢部川と支流・星野川を二手に分かれて攻略し始めた。

矢部川・星野川とも九州脊梁に源を発する峡谷の川であり、川は岩肌でゴロゴロしている。奥地に攻め入ることは不可能であった。矢部川を攻略しても奥地の矢部郷へ進攻できなかった。征西府軍の退却している星野郷への進攻も黒木谷という渓谷で阻まれ不可能であった。まさに天然の要害をなしている。今川軍は懐良親王のいる星野郷本星野《ほんぼしの》まで二里の距離まで迫ったが、これ以上の進攻は征西府軍の弓矢にさらされてしまう。しかし兵站線がない征西府軍は長居できなかった。

「将軍さま、今のうちなら矢部に通じる杣道から肥筑山地の道を越え、菊池龍門へ出ます。菊池城に戻りましょう。数千の将兵を養うためにはこれ以上、星野どのの厄介にはなれませせぬ故」

一三七五年、征西将軍・懐良親王は十一年大宰府を治めたあと、九州探題・今川了俊に追討され、菊池に撤退した。親王は菊池御所に五条良遠・頼治、第十七代菊池武朝、そして良成親王ら主だった者を集めた。

「皆、大儀であった。困難を乗り越え、菊池に帰還できた。振り出しに戻ったところで朕は征西将軍の位を良成親王に譲ることにした。朕は隠棲したい。皆、良成親王を新しい征西将軍として南朝をもり立ててくれ。長い間仕えてくれてありがとう」と述べた。

沈黙が続いた。良成親王も菊池武朝（賀々丸）も十代前半の若さだった。しかし、第十五代菊池総大将・武光を亡くし、父とも崇敬していた五条頼元を亡くした征西将軍・懐良親王の厭世観《えんせい》、仏道への憧憬《しょうけい》を思えば皆受け入れるしかなかった。

良成親王が挨拶した。

「将軍さま、厳しい状況の中、もっと指揮していただきたい気持ちでありますが、征西府の皆、菊池武朝総大将と団結して巻き返してまいります。幸い、若い私どもには助言してくれる取り巻きに恵まれておりますのでご安心くだされ」

果たして南朝九州征西府は北朝幕府軍を破ることができるのだろうか。

懐良親王は御息所《みやすどころ》重子を呼んだ。

「重子よ、何度も言ったように朕は良成に将軍の位を譲った。準備を整えたら良遠・頼治らの居城のある奥八女に行こうと思う。重子も一緒にと思うが、娘二人は幼い。十分な子女教育がもうしばらく必要なので菊池に留まり娘の世話をしてくだされ。

息子の良宗は菊池の者として育っている。武光の菩提を弔いながら正観寺で仏道に勤《いそ》しんでいてくれているという。仏の道に仕える毎日で厳しいものがあろうが羨《うらや》ましい限りでもある」

懐良親王の、往年の覇気を失い仏道に憧憬する姿に、一同やむを得ないという気持ちに至っていた。一三七六年、一行は筑肥山地を峠越えして奥八女・矢部郷の五条良遠の居城館へ出発した。

「重子、娘たちの傅育《ふいく》に目途がたったら親子そろってやって来てくれ」と手を振った。奥八女の大渕、さらに奥地の矢部郷は懐良親王、五条親子らが菊池に入り征西府を樹立したとき、征西府軍自体の食糧と棲家《すみか》を開拓するためにやって来たところであった。土地を開墾し、段々畑を切り拓《ひら》く農耕は大変だったが、今や何百人も住める征西府自前の所領となって発展してきていた。鉄壁に近い天然の要害に山城（とりで）を築いて北朝方は進攻を諦めたほどである。

北朝幕府方今川了俊は南朝征西府新将軍が良成親王になって菊池城にいるとの情報を受け取ると、

「今や、敵は若い新征西将軍と菊池武朝である。菊池に滞在しておる。絶好の機会である。懐良親王は隠棲したとの情報で、もはや、良成と菊池を成敗することじゃ」

と檄を飛ばした。

一三七九年、九州探題総大将・今川了俊は三たび肥後・菊池に進攻してきた。第三次征西府壊滅作戦である。この間、徹底的に征西府軍と菊池軍を研究してみた。一つは菊池殿を慕う領内住民の隠密奇襲であった。菊池軍と征西府は戦いに敗れても敵将の領地を安堵してやった。これによって領民一同、飢餓を免れた。また、軍資金は交易や水軍（倭寇）によって潤沢に調達出来て報酬や恩賞も金銭でまかなった。この安寧に、領地を守るための処置に、住民は陰に日向に協力した。二つ目は菊池十八外城といわれた要塞が平野に築かれた菊池本城（隈府城）を堅固に守っていることだった。

今川軍は強襲せずに十八あるとりでの支城攻めを行った。二年近くたった一三八一年、それまでに十八支城の主たる二城を残して落城させた後、総攻撃に移った。ついに総大将・菊池武朝は後征西将軍宮《のちの》・良成親王を守り、退却した。

菊池十八外城はすべて落城した。菊池本城を今川了俊軍は今まさに攻め落とさんとしていた。退却を前に菊池武朝は菊池近在の村長《むらおさ》たちを城内に呼んだ。

「これまで何十年も菊池軍・征西府を支えてくれて感謝致す。菊池城もこれまでじゃ。我ら落ち延びて、必ずや良成親王をもり立てて再起致す。村の者たちも命を惜しんで生き延びてくだされ」と挨拶した。

それから六日間の総攻撃に耐えた。しかし一三八一年六月、菊池本城（隈府城）はついに陥落した。了俊が追討の詮議をしている最中、隈府城から北へ二里の迫間川上流の龍門山中の菊池支城・染土《そめつち》城にいる嫡男義範から知らせが入った。了俊が急ぎ駆けつけてみると前征西将軍・懐良親王の御息所《みやすどころ》重子と娘二人、それに侍女が数人滞在していた。了俊が床几《しょうぎ》にかけて問うた。「そなたが前将軍の御息所・重子どのか。戦乱の世で女性たちもどこで暮らしたものか大変でござるな」と慰労の言葉をかけた。

「そして、傍らにおられるのは娘御でござるか」

「懐良親王の御息所でございます。はい、傍らにいますのは長女と次女にございます」

香の焚き占められた座敷は優雅な雰囲気が醸し出されていた。

「了俊も一度仏門に入ったが、将軍義満さまの催促じゃ。戦乱の世に引き戻されてのう。早く隠居して茶事や和歌などに親しもうと思うておるところじゃ」

「そこにおはす娘御二人、まことに美目麗《うるわ》しく、かわいいことよ。わしも京に娘や息子がおる。戦乱の世に巻き込まれてほしくないと願うている。京は良いぞ。花鳥風月をめでて、和歌三昧・お茶三昧の日々を過ごしたい。そちらもぜひ、風雅をわきまえてくだされ。いつでも手ほどき致す。今は戦陣の最前線故、何のもてなしもできぬが抹茶など進ぜよう。茶葉を臼《うす》ですりつぶして粉にしたものじゃ。菓子とともに含んでくだされ。一服の清涼でござる。京に来られたら茶室にてもてなそう」

と三人に抹茶を勧めた。

敵・味方を超越した今川了俊敵大将ぶりであった。鎧兜《よろいかぶと》姿の兵士たちも畏《かしこ》まって拝聴した。「懐良親王はもはや隠棲の身と聞く。とがめだては無用じゃ、丁重に放免いたせ。重子どの、戦いが済んだら親子ぜひ、京へ来てくだされ」。了俊らは隈府城へ戻っていった。

　親王妻子を人質に懐良親王を捕縛することができたかもしれぬが、そのあと全員斬殺となろう。そんなヤボを了俊はしなかった。敵将ながらあっぱれであった。

話は戻るが一三七七年、今川了俊九州探題幕府軍は菊池郷の十八支城を一斉に攻撃せんとしていた。

　五条良遠は奥八女の矢部郷に隠棲していた懐良親王に言った。

「親王さま、私ども征西府軍は菊池の守りに集合いたします。星野どのが星野に御《ご》在所《ざいしょ》の建築を整えているとのことで、星野にお移りくださいませ」と申し上げた。

「そうか、矢部で重子たちの来るのを待とうと思っていたが、戦況が許さないのであれば星野で暮らすのも心安まるであろう。承知した」と親王は応えた。つづら折の細く長い杣道を越えて親王はわずかな供回りと共に本星野の領主・星野家能の館に到着した。

「親王さま御一同、ようこそ本星野へおいでくださいました。険しい山道で大変でした。ここから一里ほど下った大円寺に近い小野内宮《おのないくう》に御在所を整えてございます。住まいの準備ができましたらお移りいただきます。それまで館でおくつろぎくださ い」と家能が歓迎の言葉を述べた。

「家能、このたびは案内忝《かたじ》けない。思えば星野郷は縁《ゆかり》のある土地じゃ、大保原の戦《いくさ》で矢傷・刀傷が深く生命危いところ、星野まで運んで治療してくれた。そのときは大変お世話をかけた。薬草と澄んだ水と皆々の手厚い看病のおかげで生命が助かったことを感謝申し上げる。また重子の母親・豊姫は星野の先代胤親の娘であるので何か故郷を慕う親近感を持っている」。親王は心安まる心持ちで感謝の言葉を述べた。

星野郷は三方を山並みで囲まれ、中心を流れる星野川に沿って集落が集まっている。本星野は星野川左岸に広がる氾濫原で水回りの良いところでは稲作であるが、野菜など畑地も豊かである。山の麓は段々畑が山水を引いての稲作が行われているし、風通し、日当たりの良い中腹は茶が栽培されている。

移り住んだ年の春四月、小野内宮は桜花燎乱としていた。陽光が当たり、鶯の鳴く声に桃源郷の心地がした。庭から北側の集落は土穴《つちあな》と呼ばれる集落で畑地が広がり、水回りを利用した水田、稲作する段々畑も開墾されている。星野川のせせらぎが足元から届き、橋を渡って左に行けば仏道修行のお寺・大円寺がある。馬にまたがって指呼《しこ》の間である。

星野一族の菩提寺でもある大円寺に案内された。

「和尚！　星野が参上したぞ！」と本堂から庫裏《くり》に声をかけた。

「星野さま、お待ち致しておりました。本日は懐良親王さまがご一緒とお聞き致しておりました。親王さま、ごゆるりとしてくだされ。大円寺は七二五年の開基とされ、鎌倉時代、肥後の大慈寺の寒巌《かんがん》禅師によりまして道元さまの曹洞宗になっております」

「曹洞宗とは禅宗と聞いている。どんな経典で、どんな修行を致すのだろうか」

「親王さまお応え致します。曹洞宗と申しますのは「只管打坐《しかんたざ》」と申しまして、ひたすら坐禅を致すのが修行でございます。己れを没頭させ、迷いと煩悩のなか、坐禅する日々に悟りの境地が訪れるのでございます」

「朕は民が安らぐ世の中をと願いながら、戦《いくさ》の日々であった。勝つためには相手を倒さねばならず、殺さなければならなかった。朕が傷ついてみて始めて、戦いとは狂気だと思った。心安らかならぬ殺生の中に生きているのが矛盾と思い、いっそ仏道にと思う日々であった。しかし、重子と暮らしたい気持ちが強く、迷いと煩悩そのものである」

「親王さま、それでよいと思われてください。戦に倒れし者の供養をしながら只管打坐によって、しばし己に没頭した日々をお過ごしくだされ」

「経典とか読経とかいかにしたらよいのであろうか」

「経典は道元さまの『正法眼蔵《しょうぼうげんぞう》』というご本がございますので、写本してお読みくだされ。読経は『摩訶般若波羅蜜多心経』を基本としてくだされ。お釈迦さまの究極のお言葉であります」

　親王の新しい日々が始まった。起床して洗面が済むと坐禅を半刻行った。雑念と煩悩が浮かび上がった。和尚はそれでよいと言ってくれた。仏道を楽しんでくだされと。朝食を取ったら、借りて来た「正法眼蔵」を写本し始めた。第一巻は「摩訶般若波羅蜜多心経」である。これはどのような教えであろうか。昼から大円寺に坐禅に行くので、また、読経も行うので和尚に教えてもらわねばと写経した。雨の日以外はこの日課が続いた。

「和尚、最初から難しい言葉じゃ。どういう意味なのか」と聞いた。

「私も教えてもらったのですが、大いなる智慧の成就の教えということでございまして、お釈迦さまの究極の教えと思っています。簡単に理解しがたい教えでございます。何度も写経され読経を繰り返して、自ら開眼していただきとうございます」と述べた。

親王は素直に和尚の教えに従った。起床して午前中は只管打坐、写経、読経を行った。

昼からは大円寺に赴き、坐禅、読経の日々であった。「摩訶般若波羅蜜多心経」の写経が終わると、「正法眼蔵」の現成公案《げんじょうこうあん》の巻の写本を始めた。仏道三昧と言っても御在所とお寺を行き来するので、仏道に没頭するということではなかった。しかし、お釈迦様の教えを道元様の曹洞宗の教えに従い、修行を楽しみ、仏道を楽しむと言った方がよいようだった。

一三九一年、菊池城が陥落した。良成親王と菊池武朝率いる菊池軍と征西府軍は菊池を脱出し、肥後隈本の金峰山の嶽に征西府を移した。今川了俊に出会った親王の御息所重子と娘二人は解放されて、肥筑山地の峠道を越えて奥八女の矢部郷に供回りと到着した。

五条良遠の居城にて、

「御息所さま、皆さま、ご無事で何よりでございます。親王さまはご無事ですが体調すぐれられず、大円寺内にお移り願っております。仏道に深く帰依しておられ、お心は穏やかですが、足腰が弱られ、食も細いと聞いております」

「そうですか。あれから四年の歳月が流れ、親王さまも五十歳を過ぎておられます。お身体の具合いがすぐれないとは心配です。星野郷は水もきれいで薬草も多いと聞いております。それに抹茶が何よりの薬とのことでございます。博多まで行けば交易により抹茶があるやに聞いております。良遠どの、誰ぞ使いを出して、買うて、星野まで届けてくれぬか。高価なものと聞いているが、お金は多少はありますので」

「承知いたしてございます。旅装を整えて出立の準備をしてくださいい。深い山越えとなります故、体調も十分に整えてください」


重子母娘が大円寺に到着した。

「親王さま、長いことご無沙汰いたしました。お身体の具合いはいかがですか」と挨拶した。

「やあ、重子と娘たちも息災であったか。ずいぶんと大きくなったなあ。いろいろ学んだであろう。続けてくだされ。重子よ会いたかった。仏道三昧の日々であるが、坐禅の修行では己を没頭しなければと思いながら、重子のことばかりが頭に浮かんで、和尚に警策《きょうさく》を与えられる日常じゃ」と笑った。

「体調は足腰が弱っているが、大円寺に住み替ったので大丈夫じゃ。今日からは親子して一つ屋根で暮らせることが何より幸せだ」と笑顔の絶えない会話であった。

娘は二人とも十歳を超えたばかりである。「父上さま、お具合いいかがかと心配しておりました。お元気そうなお顔でうれしゅうございます。菊池とは随分かわった星野郷ですが、山に囲まれ、空気も澄んで居心地良さそうですね。習い事も続けてまいります。父上さまに和歌など教えてほしゅうございます」と父と娘の会話も弾んだ。

「和尚さま」と重子が声をかけた。

「星野郷の山肌に茶畑を見かけますが、いつ頃から栽培されておられますか」と問うた。

和尚は、

「博多の聖福寺の栄西さまが宋に渡られ、帰られて茶の苗木を植えられたそうでございます。うまく育ちまして、京へなど献上して宇治で盛んに栽培されているに聞いています。星野郷にも最近、栽培され始めました。大円寺が先導いたしておりますが、お茶の栽培法やお茶の点《た》て方など疎《うと》うございまして、申し訳ございません」

と応えた。

「親王さま、ここで勝手なことを申し上げることをお許しください。菊池城が今川了俊に落城させられました折、私どもは龍門の染土城に退却しておりましたが、今川勢に見つかり、了俊どのがやって来られました。そのとき、抹茶を点《た》ててくださいました。戦いの世に女性は暮らしにくかろうとお言葉をかけられて、早く戦い終わって和歌三昧《ざんまい》、お茶三昧の日々を過ごしたいと申されていました。仏門に入っておられたところ九州へ派遣されたと申しておられました。

私どもをみとがめもせず、娘たちにも声をかけてくだされ、眉目麗しきと讃えてくださいました。そのときお茶を粉にして茶筅《ちゃせん》でかきまぜて鶯《うぐいす》色のお茶を服《ふく》ませていただきました。少し苦味はあるものの、まろやかな薬のような味わいでございました。親王さまにぜひと思って博多に使いを出しております。近いうちに星野に届くと思います。そのときはお菓子と共に服んでいただきたくご用意致します」と言った。

「お話は聞いております。碾《てん》茶にしたものを臼《うす》で挽《ひ》いてなど伺っていますが、高価と聞いていますので、なかなか機会がございません。楽しみに致しております」と和尚との会話が弾んだ。

博多に抹茶を買いに出していた者が帰って来た。「御息所さま、聖福寺の和尚の紹介でお茶屋に行き、求めてまいりました。お茶を点てるのに必要な茶筅と茶器なども求めてまいりました」と重子殿の前に差し出した。

「慣れない旅路、ご苦労さまでした。ゆるりとして矢部郷へお帰りくだされ。良遠どのに感謝御礼申し上げてください」

「親王さま、お茶は何よりの薬と聞いております。抹茶は少し苦みがある由ですが心臓の働きを強くするそうです。甘いお菓子と共に服んでくだされ」

程よく沸いたお湯を抹茶数さじ入れた茶碗に注ぎ、茶筅にて攪拌《かくはん》した。うぐいす色にお茶が出来上がった。親王が含んだ。「なんと、まろやかである。少し苦味などあるも良き味である。お菓子に良く合う」。和尚も星野殿もご相伴《しょうばん》した。

重子が言った。「星野どの、和尚さま、この抹茶を星野郷の茶畑で栽培してはいただけませんか。製法は京の宇治に職人を修業に出していただけたら、何年かのうちに技法を身につけて帰ってまいりましょう。星野郷はお茶の栽培に良い風土のように思えます。

二人ともうなずいた。日当たりの良い斜面と風通しが良いのは何よりの条件であった。

親王は抹茶の効用もさながら娘二人と重子との四人水いらずの日々が一番の元気回復の源であった。もちろん、朝起きて顔を洗い、身だしなみを整えて只管打坐、坐禅に没入した。朝食を済ませると読経、そして写経の日常は欠かさなかった。

そんな幸せの日々に包まれて、一三八三年三月二十七日、星野郷大円寺にて薨去《こうきょ》された。枕もとで二人の娘が親王の手を握り、

「父上さま、父上さまは私たちの心の中でいつまでも生きておられますよ」と声をかけた。息子も駆けつけた。

重子も「親王さま、ご一緒して楽しい人生でございました。二人の娘はきっと世の中を幸せにする人生を歩んでもらいますから安心してくだされ」

懐良親王は瞑目しながらうなずいた。春まだ浅き星野郷で波乱万丈の五十五歳の生涯を閉じた。

高良山玉垂宮に捧げた願文（一三七七年）には「九州の治乱は一度にあらず、万民の艱苦《かんく》は休むときなし。末世の救い難きを愁うると雖《いえど》も、責は一人の徳なき（懐良親王自身）に帰す。過を悔いて余りあり、咎《とが》を謝すれども足らず。若し収因感果の理に依り王家衰微の時に相当らば寸念の妄情を翻し、弥《いよ》いよ菩提の本望を達せん」（玉垂神社文書）。

一三九二年、五十七年に及んだ南北朝争乱は終息した。最後の南朝征西府・良成親王は八代を脱出して五条良遠・頼治のいる奥八女の矢部郷に隠棲した。菊池武朝は今川了俊と菊池隈府城にて相まみえた。了俊の得も言われぬ威厳に「このような立派な武将相手に戦ってきたのか」と感銘を受けた。菊池の所領も肥後守の地位も安堵してくれた。懐良親王の娘（長女）は了俊の弟・氏兼の息子の末兼に嫁いだ。次女も阿蘇殿に嫁がせた。御息所・重子の献身の努力の賜物であった。一三八九年、重子も玉水山大円寺にて亡くなった。「おつれどんの墓」として本堂前の手水鉢《ちょうずばち》の台石になっているところを昭和十一年に発見された。

懐悟院殿　良慎重貞大姉

元中六己巳年　三月十五日寂とある。

懐良親王の墓陵は大円寺背後の大明神山の山腹にあり、星野郷を見守っている。今も命日の三月二十七日、縁ある人々が集い、大円寺和尚の読経のなか、法要が毎年営まれている。

（了）

―あとがき―

懐良親王は征西将軍として八代地方では将軍さんと呼ばれ、八代宮の祭神として甥《おい》っ子の後《のちの》征西将軍・良成親王と共に祭ってある。陵墓が水無川の中流域の川のほとりにあり、小学生の頃、遠足で何度か歩いて往復した記憶がある。

このたび小説「懐良親王物語」を上梓し、その生涯をたどった。史実をもとに明らかにしてゆくと、親王は五十五歳で福岡県八女市星野村の大円寺にて薨去《こうきょ》されている。陵墓は裏山の大明神岳（標高四五〇メートル）の中腹にある。

明治の世になって宮内省は史学者・藤田明教授に「征西将軍宮」の生涯の著述を依頼した。弟子も手伝ったものの実地踏査されることなく、生涯終焉の地を奥八女の五条頼元（親王の供奉者・総責任者）の子供と孫が住む大渕か矢部村と推測、亡きがらは火葬して戦火のなか、敗走する良成親王に託したとある。征西府は菊池城が陥落したあと北朝方今川了俊勢に追われ、肥後領内を移動した。最後、八代御所（奈良木村宮園）にて菊池氏と共に降参した。良成親王（後征西将軍）は奥八女の大渕・矢部郷に隠棲、五条氏らと暮らした。そして矢部の大杣にて終焉。陵墓も祭ってあり、五条氏が今も墓守をされている。（懐良親王のことは藤田明氏の誤った判断である）。もし懐良親王が大渕・矢部で亡くなられたら五条氏が終焉の場所などを記録され、亡きがらも安置されていたはずである。

昭和になって星野村は、「史実を明らかにせん」と歴史学者橋本徳太郎氏を村を挙げて招聘《しょうへい》した。氏は三年半、大円寺に投宿、星野村はもとより矢部、大渕、黒木、さらには八代宮地村へと手弁当で実地踏査。いろんな事実を明らかにされた。そして星野村小野内宮から土穴の大円寺に移られ永眠。裏山の陵墓も確認された。星野村はこれらの史実を宮内省に提出。宮内省もその事実を認めたものの、「今となってはいかんともしがたいですね」と発言された。

令和五年の今年も命日に法要が行われた。大円寺住職が「摩訶般若波羅密多心経」を読経され、参集された人々と共に懐良親王の霊を偲《しの》んだ。

終わりに南北朝における九州地方の懐良親王の活躍・動静を記した史料・著書をいろいろ参考にさせていただいた。特に近藤靖文先生の「九州南北朝争乱－懐良親王と九州征西府」の御著書は歴史性に優れ、内容も正確性に富んでいた。先生には大変お世話になり感謝致します。

何度かお会いし、了承いただき各所に参考・引用させていただいた。感謝申し上げます。星野村を何度も訪問し、大円寺の菰田坊守さん、元村長藤崎正昭さんには大変お世話になり感謝致します。

懐良親王を巡っては福岡県八女市星野村と八代市・菊池市など交流が深まればと願っているものであることを申し添えます。

令和五年七月一日

松岡　昇

主な参考史料

『九州南北朝争乱－懐良親王と九州征西府』　近藤靖文著　㈱秀英社印刷
『八代郡誌』　石川愛郷著
『中世の八代』　高野茂著
『九州南朝の都─高田郷のあゆみ─』　中村重之著
『菊池風土記』　渋江松石著（菊池市教育委員会所蔵）
『幻の城下町菊池』　菊池市商工観光課　絵と文の制作協力・橋本以蔵
『九州の南朝』　太郎良盛幸・佐藤一則著　新泉社
『征西大将軍と八代（懐良親王）』　江上敏勝著（八代史談会）
『懐良親王』　森茂暁著　ミネルヴァ書房
『玉水山大円寺の由緒』　佐々木四十臣
『征西将軍宮御在所御墓所考證』　橋本徳太郎著
『正法眼蔵』　増谷文雄著　講談社

主な参考史料

『征西将軍宮』　藤田明著　熊本県教育会
『八代市史（Ⅱ）』　蓑田田鶴男編著　八代市教育委員会
『栄西喫茶養生記』　古田紹欽著　講談社
『今川了俊』　川添昭二著　吉川弘文館
ほか

【著者プロフィル】

松岡　昇（まつおか・のぼる）

昭和19（1944）年1月、中国浙江省杭州市に生まれる。敗戦により父祖の地、八代郡高田村平山に引き揚げ、昭和25（1950）年、高田小学校入学。八代五中、八代高校卒業。昭和44（1969）年、熊本大学医学部卒業、医師国家試験合格。内科学教室（主宰・故河北靖夫教授）にて研鑽。昭和57（1982）年、松岡内科クリニック開設、現在に至る。著書に「汝、塵なれば」「世界あちこち気まま旅」。
文芸同人誌「木綿葉（ゆうは）・代表　開　豊」所属

懐良親王物語

令和五年十一月十四日　発行

著　者　医療法人 師天会
　　　　松岡　昇

制　作　熊日出版
　　　　（熊日サービス開発株式会社）
　　　　〒八六〇－〇八二七
　　　　熊本市中央区世安一－五－一
　　　　TEL〇九六（三六一）三二七四

装　丁　臺信　美佐子

印　刷　シモダ印刷株式会社

ISBN978-4-911007-01-3　C0021